愛の記憶が戻ったら

ミランダ・リー
森島小百合 訳

JN020407

ハーレクイン
SP
文庫

THE TYCOON'S TROPHY WIFE

by Miranda Lee

Published by Harlequin Japan,

a Division of K.K. HarperCollins Japan, 2024

ミランダ・リー

オーストラリアの田舎町に生まれ育つ。全寮制の学校を出て、クラシック音楽の勉強をしたのち、シドニーに移った。幸せな結婚をして3人の娘に恵まれ、家事をこなす合間に小説を書き始めた。テンポのよいセクシーな描写で、現実にありそうな物語を書いて人気を博した。実姉で同じロマンス作家のエマ・ダーシーの逝去から約1年後の2021年11月、この世を去った。

◆主要登場人物

アラナ・ダイヤモンド……主婦。
ジュディ……アラナの母。
ダルコ・マリノフスキ……アラナの前夫。故人。
リース……アラナの夫。不動産開発会社社長。
クリスティン……リースの元婚約者。
リチャード・クローフォード……リースの親友。銀行の最高経営責任者。
ホリー……リチャードの妻。
マイク・ストーン……リースの親友。ソフトウェア会社の経営者。
ケイティ……リースの秘書。
ナタリー・フェアレーン……インターネット結婚紹介会社〈求む、妻〉の経営者。

プロローグ

シドニー、九月、春

アラナは墓地の入口でためらった。胃がむかむかしてきて、身がすくむ。ただ緊張しているだけよ。彼女は自分に言い聞かせ、足を進めた。墓標の前に立つころには、胃のむかつきはさらにひどくなっていた。それでも引き返すつもりはない。過去と決別するために来たのだから。

「五年ぶりね」アラナは土の下に葬られている男性に話しかけた。「つらい五年だった。今日来たのは、あなたの負けだと言うためよ、ダルコ。わたしは生きのびたわ」

彼女はさらに続けた。

「時が癒《いや》してくれたから。わたしは生きていく力を見つけたの。これほど強い力を持っているとは、自分でも知らなかった。自分の人生をとり戻したのよ。この手で」

アラナは両手できつくバッグを握りしめ、強い口調で言った。

「ダルコ、わたし、再婚したの。そう、ほかの人の妻になったのよ。これを聞いたら、あなたはきっとお墓のなかで身もだえしているでしょうね」

食いしばった歯のあいだからアラナは言葉を絞りだした。

「もちろん、恋愛結婚じゃないわ。また愛情をちらつかせる男性と結婚するほど、ばかじゃないもの。でも、わたしとリースはお互いに好きだし、尊敬しているの。それに、リースはわたしを自分の所有物みたいに扱ったり支配しようとしたりしないわ。わたしを信頼し、幸せでいてほしいと言ってくれるの。わたしが女友達と出かけても、セクシーな服を着ても、全然気にしないし。それどころか、そういう服を買ってくれるわ。今日着ている服も、彼が買ってくれたのよ。あなたなら、怒って脱がせるでしょうね。だけど、リースはわたしがこういう服を着るのが大好きなの」

アラナは反抗的に顎を上げると、両手を広げてくるりとまわり、スタイルのいい体を包むクリーム色のシルクのスーツを披露した。ミニのタイトスカートに、体の線に沿った深いVネックのジャケットを合わせたスーツだ。

「今度の夫はとてもお金持ちで、とてもハンサムだって言ったかしら？　それにとってもセクシーなの。わたしを死ぬほど愛しているわけじゃないにしても、ほとんど毎晩、愛を交わしたいと言うわ。わたしを満足させてくれるのよ。聞こえた、ダルコ？」

アラナは挑むような口調で墓標に語りかけていたが、心の奥にひそむ傷と痛みを隠すことはできなかった。涙がこみあげてくる。それを彼女は必死でこらえた。涙を流す日々はもう終わったのだ。

「最後にもうひとつ言っておくわ」なんとかアラナは落ち着きをとり戻した。「リースとわたしは赤ちゃんを作るつもりなの。世の中にはあなたみたいな男ばかりじゃないのよ、ダルコ。リースは、赤ちゃんをマイナス要因とは考えないわ。疑惑の種にしたり、嫉妬《しっと》したりもしない。リースは嫉妬心のかけらもない人よ」

さらに言葉を続ける。

「わたしのことを気にかけていないからだと言いたいんでしょう。でもわたしは、あなたみたいなやり方で気にかけてもらうのはいやなの。それに、おあいにくさま。リースは彼のやり方でわたしを大切にしてくれるし、わたしも彼のことを大事にしているわ。リースといると、とてもいい気分になれるの。あなたの言う愛とはまったく違うわ」

大きく息を吸ったアラナは、ひどい胃のむかつきがいつのまにかおさまっていることに気づき、そっと息を吐いた。

「あなたにも理由があるんだろうから許してあげなさい、と母は言ったけど、でも、わたしはあなたのしたことは絶対に許せない。じゃあ、さようなら、ダルコ。二度とここへは来ないわ。あなたは過去の人だもの。もう思い出すこともないわ」

1

オルガンがウエディングマーチを演奏しはじめ、待ちに待った新婦の登場を告げた。リースは腕にはめた金のロレックスに目をやった。遅れは十五分だけだ。それでも、リースの隣に立つ新郎のリチャードは待ちきれずにそわそわしている。

「さあ、ショーの始まりだ!」リースは新郎に笑いかけた。

リチャードは音楽が変わったとたん身を硬くし、両手をぎゅっと握りしめた。「指輪は持っているだろうな?」口のなかでもごもごと言う。

リースは黒いディナージャケットの右のポケットをたたいた。「もちろん。リラックスしろよ、リチャード」リースは手を伸ばし、安心させるように新郎の腕に触れた。「ぼくは結婚式の経験者なんだから」

「リチャードは二回目だ」反対側からマイクの小さな声がした。

リースはマイクにとがめるような視線を投げた。マイクは根はいいやつだが、ロマンスや結婚に対する皮肉な態度だけはいただけない。しかも、今日ほど皮肉めいた言葉が似合わない日はない。リチャードとホリーが深く愛しあっていることは、どんなに鈍い人間でもわかる。正直なところ申し分ない妻とは言えなかった前妻ジョアンナとの結婚に比べたら、リチャードはずっと幸せになれるだろう。

リースは、ジョアンナが誘惑してきた夜をいまだに忘れられなかった。リチャードに話すつもりはないが、あのときほど迷惑だと思ったことはない。

以来、リースはジョアンナを避けてきた。

二年前、ジョアンナが交通事故で死んだときはリチャードに心から同情したものの、リチャードのために運命が愛の鞭《むち》をふるったのかもしれないと考えることもあった。

いずれにせよ、リチャードの最初の結婚はすでに過去のものだ。今日は新たな始まり。リチャードと新しい妻には輝く未来が待っている。

最初のうちこそ、リチャードのような地位と年齢の男に、二十六歳のホリーは若すぎるうえに、あまりにも世間知らずな気がして、心配だった。何しろリチャードは三十八歳、企業相手の銀行の最高経営責任者なのだ。しかし今では、リチャードにふさわしい妻はホリーしか考えられない。彼女は本当に優しく、よく気のつく愛らしい女性で、かなりの美人だ。

きっと、うっとりするほど美しい花嫁姿を見せてくれるだろう。

リースは、列になって祭壇に近づいてくる花嫁付き添いの服装を見ようと目を凝らしたが、開いた入口の扉からさしこむ午後の陽光で、見えるのはシルエットだけだった。

そのうち、先導の女性の姿が見えてきた。赤いロングドレスを身にまとい、白いばらのブーケを持っている。背の高い、赤褐色の髪をしたスタイルのいい女性で、魅力的な顔立ちだ。

リースの知らない女性だった。ホリーが経営している花屋の従業員で、サラという名前らしい。アラナの話では、三十代で既婚者だという。

今日のマイクのパートナーがこの女性なら、既婚者なのは幸いだとリースは思った。

左側に立っているマイクを見ると、ふだんのだらしない格好とは似ても似つかない洗練された身なりをしている。髪を整え、髭《ひげ》を剃《そ》り、タキシードを着ただけで、これほど変わるとは驚きだ。マイクはたいてい、西部劇のスクリーンから飛びだしてきたような格好をしている。タフでぶっきらぼうな態度も、まさにカウボーイだ。

奇妙にも、そんなマイクに惹《ひ》かれる女性もいる。今日のようにさわやかなマイクのほうがずっと魅力的なのに。

マイクにしてみれば、簡単に美女が手に入り、彼のルールに従って唯一の目的、つまりセックスにつきあってくれるなら、それでいいのだ。そこには深いかかわりもロマンスもない。ただし、夫のいる女性は相手にしないことにしている。

そしてマイクが飽きたら、関係は終わりだ。

マイクはコンピュータの天才で、仕事にはひたむきだが、女性に関してはかなり飽きっぽいたちで、最新の恋人のエキゾティックなストリッパーとは一カ月しか続かなかった。

マイクがつきあった女性の数は驚くほどで、しかも別れたあとも友情が続いているのは、リースが理解に苦しむところだ。

「今日のパートナーには手を出すなよ」リースはマイクにささやいた。「既婚者だからな」

「それが妨げになるような世の中じゃないさ」マイクはそっけなく言う。「でも心配するな。とにかく既婚者はトラブルのもとでしかないから、避けることにしているんでね」

「なんだか経験があるみたいな言い方だな」

「一度だけ。危機一髪だった。どうにか逃げられたけど」

「ぼくの知っている女性か？」

「ここはそんな話をする場じゃないだろう」マイクは強い口調で言い、リチャードのほうに顎をしゃくった。幸い、リチャードは二人には目もくれず、まっすぐ前を見つめている。

マイクの様子にぴんときたリースはいちだんと声をひそめた。「ジョアンナか？」

「ああ」

「ぼくも彼女に言い寄られたよ」リースは打ち明けた。

「やれやれ。なんて女だ」

「とびきりの美人だったけどな」

「いつだって、とびきりの美人には用心しなければいけないのさ」マイクがつぶやく。

そのとき、先導の花嫁付き添いに続いて、同じドレス姿の花嫁付き添いが見えてきた。

休憩していたリースの男性ホルモンがフルに活動を始めた。彼女こそ、とびきりの美女だ。

もちろん、そんなことはすでにわかっている。彼女と九カ月前に結婚したのだから。

通路をしずしずと進む優雅なアラナに、男たち全員の視線が釘《くぎ》づけになっている。突然、リースは嫉妬《しっと》にかられた。

皮肉なものだ。今まで、アラナがモデルのようにスリムな体形を際立たせる、彼好みの肌もあらわなイブニングドレスを身にまとっていても、嫉妬を感じたことなどなかった。

ところが、今日の彼女はごく慎《つつ》ましやかなドレスを着ているのに、どういうわけか、ずっとセクシーな雰囲気がある。むきだしになっているより、ちらりとしか見えないほうが刺激的だという話は真実のようだ。

あるいは、あの色のせいかもしれない。

アラナは今まで赤を着たことがなかった。淡く落ち着いた色調が好きだから。だがホリーは花嫁付き添いのドレスを赤に決めた。赤いばらの花束がホリーとリチャードが知りあうきっかけになったという、ロマンティックな理由からだった。

赤い色は、アラナの白い肌と淡い金髪をみごとに引き立てている。

ドレスのデザインはとてもシンプルだ。細身のロングドレスで、身を包むというより、アラナの体に吸いついているように見える。胸元の開きは広くて浅く、オフショルダーに近いデザインだ。長袖《ながそで》なのは気候を考えてのことだろう。今は六月、シドニーでは冬だ。この日、外は気持ちのいい天候だったが、古い教会のなかはひんやりしていた。

祭壇の前で先頭の花嫁付き添いが向きを変え、わきに進むと、その後ろにいた妻の姿がリースの目にはっきり見えた。

なんて美しいんだ。ほっそりした繊細な顎、高い頬骨、白くなめらかな肌。均整のとれた顔立ちだ。瞳はくすんだ緑色で、アーモンド形の目を豊かなまつげが縁どっている。小さくまっすぐな鼻の先は優雅な弧を描き、真っ赤な口紅でふっくらした唇がなおさら豊かに見える。

リースは視線を下げながら、心のなかで彼女のドレスを脱がせていった。やはり何も身につけていない姿がいちばんすてきだ。

アラナはいつもリースを魅了し、刺激する。ほっそりとしなやかな体。長い脚。小さく引きしまった腰。つんと突き出た胸。

体形だけ見れば、アラナは元婚約者のクリスティンとよく似ている。

それこそ、リースがアラナを妻に選んだ理由だった。目的はどうあれ、肉体的魅力を感じない女性を妻に選ぶつもりはない。そしてアラナを選んだもうひとつの理由は、クリスティンよりさらに美しいからだった。

アラナが子供を欲しがったのは思いがけないボーナスのようなものだ。

そんなことを考えているうちにリースは、彼をアラナとの結婚にかりたてた、クリスティンに対する復讐《ふくしゅう》心を思い出そうとした。

ところが、驚いたことに復讐心はどこにもなかった！

すでにクリスティンへの関心はなくなってしまったようだ。それに気づいて、リースの驚きは安堵《あんど》感に変わった。

クリスティンなど悪魔にくれてやる。

今では、リースが気になる女性は、赤いドレスを身にまとって通路を歩いてくる自分の妻だけだ。どきっとするほど美しく、興味をかきたてられる、謎《なぞ》めいた美女、アラナ。

数年前のリースなら、さっき感じたなんとも言えない嫉妬心を、アラナを愛しているからだと理由づけたかもしれない。

だが三十六歳ともなれば、所有欲と愛を勘違いする年齢はとっくに過ぎている。アラナのことは好きだし、尊敬もしている。クリスティンとは比較にならないほど。でも愛情は？

違う。アラナを見て感じるのは、愛ではない。

そのほうがかえって好都合だ。二人の関係に愛は含まれていない。アラナは言い張った。

愛情はいらない、と。

以前の愛情があまりにも深かったからだとアラナは説明した。相手は亡き夫。彼女の生涯の恋人は、交通事故で他界した。

アラナは二度と同じ道を歩むつもりはないのだ。

初デートの食事の席で聞いた話では、彼女は再婚するつもりはなかったのだが、三十歳を目前にして、やはり家族が欲しくなったらしい。でも、ロマンティックな愛や、愛に伴う精神的な苦しみはお断り、と彼女は繰り返し主張した。

そういうわけで、アラナは〈求む、妻〉の会員になった。そこは裕福な知的専門職の男性と、妻という立場を求める聡明《そうめい》で魅力的な女性に、相手を紹介している結婚相手紹介サービスだった。経営している女性によれば、ときには紹介相手と恋に落ちるケースもあるというが、おおかたは理性による結婚であって、愛情が伴うものではない。かつては便宜上の結婚と呼ばれていたものだ。

リースは、まさにその便宜上の結婚を望んで、一年前に〈求む、妻〉の会員になった。

彼も愛を求めるつもりはなかった。

そして、アラナはまさしく彼が望んだとおりの相手だった。腕を組んで見せびらかすための妻。傷ついた男の自尊心を癒《いや》す特効薬。復讐のための強力な武器であると同時に、有能な経営者である彼の戦利品でもあった。

だからリースは、オーストラリアじゅうの新聞、雑誌に、自分の結婚式の写真が掲載されるように手配した。

知名度の高い不動産開発会社の社長であるリースには、難しいことではなかった。彼の行動や結婚相手は、それだけで大きなニュースになるのだ。結婚後、彼はたびたび豪華なパーティを開き、その様子は、美しい体を惜しげもなく披露するアラナのドレス姿とともに、さまざまなメディアで報じられた。

美しい金髪の妻と過ごすリースを想像して、クリスティンは悔しがっているだろう。彼女は、金はあっても年老いた男の世話をしなければならないのだから。そう考えて、リースはしばらくのあいだ、意地の悪い喜びを感じていた。金持ちだというだけで、クリスティンはその老人を選んだのだ。きっと早まってリースと婚約破棄したことを後悔しているに違いない。別れてからたった三年で、リースが破産の危機を乗り越え億万長者になるとは、彼女も想像していなかったはずだ。

哀れなクリスティン。もう少し信頼と愛情があれば、いい暮らしができたのに。彼女は、次から次へと新人女優を恋人にすると評判の、プレイボーイの映画監督を相手に選んだのだ。

リースは、老監督に新たな恋人ができたというニュースを、今か今かと待ちかまえていた時期もあった。ところが、いつのまにかクリスティンのことを考えなくなり、何が起ころうと気にかけなくなっていた。

いつからそうなったのか思い出せないが、数カ月前からだろう。アラナのように魅力的な女性と結婚したら、ほかの女性のことなど考えてはいられなくなる。

一緒に暮らすうちに、彼女の驚くべき美貌《びぼう》以外のすばらしさもわかってきた。うるさいことを何も言わないし、質問攻めにすることもない。夜遅く帰宅しても、急な仕事で出かけても、文句ひとつ言わない。家をつねに埃《ほこり》ひとつない状態に保ち、女主人としてみごとに社交をこなし、ベッドで拒みもしない。リースにはこれ以上望むべくもなかった。そう考えると、完璧《かんぺき》な結婚だ。

うっかり彼女を愛したりすれば、ぶち壊しになりかねない。

美しい妻を見つめているうちに、リースは、彼女に対していだいているのは抑えがたい欲望だと気づいた。

どんなときでも目にした瞬間から、アラナが欲しくなる。しかし今日の彼の欲望はいつもより妖《あや》しく、激しかった。

あのドレスのせいだ。

デザインではなく、あの色が原因だろう。赤は悪魔の色。欲望、そして危険を表す色だ。

リースは友人の結婚式が終わるまで我慢できそうになかった。アラナのドレスを脱がせる瞬間が待ちきれない。

あいにくリースは花婿付き添い、アラナは花嫁付き添いだ。式のあとの披露宴を早めに切りあげて帰ることなど許されない。

それに、アラナにひと言でもそんな提案をしたら、頭がおかしくなったかと思われるのがおちだ。彼女はホリーを手伝い、何週間も式の準備をしてきたのだ。今朝も早くから張りきっていた。

またも妖しい思いが浮かんでくる。しばらくどこか二人きりになれるところへ抜けだそうと言ってみてもいいかもしれない。化粧室とか。

もちろん、そんなことをした経験はない。二人が愛を交わす場所は自宅だけだ。しかも、考えてみれば寝室にかぎられていた。

体じゅうに熱い血がみなぎるのを感じながら、そろそろ二人のセックスの幅を広げてもいいころだとリースは思った。アラナが妊娠する前に。

ここ三カ月ほど、二人は子供を作ろうと努力していた。遅かれ早かれ、結果が出るだろう。

子供ができてしまえば、アラナは大胆なセックスに熱心ではなくなるかもしれない。

そのとき、通路の端まで来たアラナが眉をひそめてこちらを見つめていることに気づいた。

秘めた思いが顔に出てしまったのだろうか?

おそらく。

リースはすばやく、人を引きつける温かい笑みを浮かべた。毎日仕事でその笑顔を見せるのが、第二の天性になっている。

「信じられない美しさだ」唇だけ動かして彼女に伝える。

見つめ返すアラナのまなざしで、リースの体はさらにこわばった。

リースは必死で笑顔を保った。アラナが向きを変えてもうひとりの花嫁付き添いと並ぶと、リースはほっと息をついたが、すぐに罪の意識を感じた。なんてことだ。今日はリチャードの花婿付き添いをするためにここにいるのだ。欲望に心を奪われて、ろくでもない行動に走ってはならない。

問題は、リースが感情の激しいタイプだということだった。周囲からは大らかな人柄だと思われているが、人あたりのいい外見の下で、実は激しい感情が渦巻いているのだ。子供のころから、彼は欲求に従って生きてきた。何かが欲しくなれば、欲しくてたまらなくなり、誰かを愛せば、愛しすぎてしまう。

クリスティンが去ったとき、リースは絶望と嫉妬の激しい怒りにかられた。世間に対しては、前向きで冷静な不屈のイメージを与えていたが、心のなかでは、どんな手段を使っても報復してやるという強迫観念にさいなまれていた。自分をばかにした女には復讐してやる。まずは財産をとり戻し、そしてほかの女性と結婚するのだ。

アラナと理想どおりの結婚ができたのは幸運だった。失敗に終わる可能性もあったのだから。

だが、クリスティンが頭と心から消え去った今は、この生活を台なしにする危険を冒すわけにはいかない。欲求不満は残るが、アラナと愛しあうのは家に帰るまでおあずけだ。もっとも、寝室まで待てるかどうかはわからない。居間であの赤いドレスを脱がせてもいい。いや、服を脱がさなくても。

アラナはあの赤いドレスの下に何を着ているのだろう……。

そのとき、ホリーが通路を歩いてくるのが見えた。リースは、官能的な想像から甘くロマンティックな現実に引き戻された。

思ったとおりだ。ホリーはうっとりするほど美しい。

美しい花嫁を見た新郎がはっと息をのんだのがわかり、リースは苦笑した。リチャードは、外見は保守的できちょうめんな銀行家だが、とても感傷的な男で、ロマンティックな理想主義者だった。

おまけに先見の明もある。

その点、リースは深く感謝していた。リチャードが既成概念にとらわれず、独自の判断ができる男でなかったら、リースは今ごろ破産していただろう。ほかの金融機関がどこもリースとかかわろうとしなかったときに、リチャードは援助してくれた。不動産相場が暴落から急騰に転じるまで、必要な融資をしてくれたのだ。もちろん友情の手をさしのべることも忘れなかった。

リースにとってリチャードは大切な友人だ。

「ぼくが間違っていたよ、リッチ」リースはつぶやいた。「彼女こそきみにふさわしい女性だ」

「ちょっと若すぎるんじゃないか」小声で言ったマイクは、リースにこづかれてうめいた。

「わかった、わかった。たしかに彼女はリチャードを愛しているよ。それくらいぼくにもわかるさ。もっと悪いことに、リチャードも彼女を愛している」

「それのどこが悪いんだ?」リースが詰問した。

「二人とも静かにしろ」リチャードが言う。「ぼくの結婚式の真っ最中だぞ」

リースは怒りを含んだ目でもう一度マイクをにらんだ。マイクは肩をすくめただけだった。

リチャードが進み出て花嫁の手をとったとき、リースの目に、ベールを通してホリーの顔が見えた。

これほど輝いている目を見れば、誰もが喜ばずにはいられないはずだ。それは相手を深く愛している女性の目だった。なのに、打ちのめされたような気がしたのはどうしてだろう? リチャードを妬《ねた》んでいるわけでもないのに。

いや、そうなのかもしれない。

あんなふうに、盲目的な恋慕のまなざしでぼくを見つめてくれた女性はひとりもいなかった。おそらくぼくを愛してくれたクリスティンでさえ。もちろん、アラナも。

アラナ……。

リースは花嫁の後ろに付き添う妻をちらりと見た。だが、ホリーのベールが邪魔をして、目までは見えなかった。

それでよかったのかもしれない。リースは、アラナの目に愛情を見たことはなかった。せいぜい抑えられない欲望が見えるくらいだ。

たしかに、リースと愛しあっている最中、アラナはわれを忘れているときがある。いずれにせよ、欲望のまなざしなら今夜見ることができる。充分とは言えないが、それで我慢するしかないだろう。

2

「わかったでしょう」マイクの顔を見上げてアラナはほほ笑んだ。「あなたは踊れるのよ。それにリズム感がとてもいいわ」

アラナは、マイクがいつも言い訳ばかりしてパーティに来てくれないのは、実は踊れないからではないかと思っていた。披露宴で、ほかの人たちはみんな立ちあがっているのに、むっつりした顔でひとり椅子に座っているマイクを見つけ、アラナはなんとかしてあげようと思った。そこでリースにサラのダンスの相手を頼み、マイクをダンスフロアに引っ張りだしたのだ。

リチャードとホリーが選んだ披露宴会場は、エドワード七世時代の館《やかた》を改築したもので、ダンスフロアのように床がぴかぴかに磨きこまれた広々とした部屋だった。

「先生がいいからさ」足元ばかり見ていたマイクは、ようやく顔を上げた。

「あなたはのみこみが早いわ。これで恋人をダンスに連れていけるわね」

「今はダンスパーティは勘弁してほしいね」

「あら、あなたらしくもない」

「仕事が忙しいんだ」

「何か特別なこと?」

「ウイルスとスパイウェアの駆除ソフトの開発だよ。それで大儲《もう》けするつもりだ。まあ、そいつを売ってくれる最適な会社が見つかればだけど」

「あなたの会社で売れば?」マイクがソフトウェア会社の経営者として大成功していることは、アラナも知っていた。リースとリチャードもその事業に参加している。

「もっと大きな会社でないと。世界のトップ企業を探しているんだ。アメリカの会社ならおあつらえむきなんだが。影響力のあるところがいい。目当ての会社が見つかったら、リチャードに交渉してもらうよ。そういうことはぼくよりうまいからね」

「でも、彼は新婚旅行で一カ月いないわ。ホリーとヨーロッパに行くのよ」

「大丈夫。プログラムはまだ完成していないから。もう少しテストする必要がある。バグがないか、よく確かめなきゃならない」

「そうね」たぶんそのとおりなんでしょう。アラナはただの飾り物の女ではなく、コンピュータの扱いはかなりのものだった。以前は、広報の仕事で毎日コンピュータを使っていた。結婚してミセス・リース・ダイヤモンドというフルタイムの仕事をすることになり、勤めはやめたものの、今でも家事に関する支払いはインターネットを使っている。とはいっても、コンピュータの動く仕組みはさっぱりわからないけれど。

「リースは、ぼくがきみと踊っているのを快く思っていないようだ」いきなりマイクが小声で言った。

「えっ?」アラナは驚いて室内を見まわし、サラと踊っている夫を見つけた。後ろ姿しか見えなかったが、高い身長と金色に輝く髪ですぐにわかった。振り向いた彼と目が合うと、驚いたことに、いつもは機嫌のいいハンサムな顔に腹立たしげな表情が浮かんでいた。

「嫉妬《しっと》しているんだな」マイクが言う。

たちまちアラナはむっとした。「ばかなこと言わないで。リースは嫉妬なんかしないわ」

「おいおい、アラナ。きみは驚くほどの美人なんだぞ。ぼくが夫なら、きみがほかの男の腕に抱かれているのを見たら、嫉妬するさ。きみたちが一風変わった結婚をしたからといって関係ない。きみはリースの妻で、ぼくは評判の独身男だ。友情があろうと、リースが危険を感じるのは当然だよ。でも彼はわかってないね。ぼくは、きみとホリーにだけは手を出すつもりはないから」

マイクがいくら説明しても、アラナにはリースが嫉妬しているとはとうてい思えなかった。これまでにも、彼の目の前でほかの男性と踊ったことはあるし、今日着ているのよりずっと露出の激しいドレスを着たこともある。

けれど、リースから批判されたことは一度もない。

マイクだから危ないと感じているのか……。

それもばかげている。アラナは、リースほどの自信家を知らなかった。なぜなら、彼はハンサムなだけでなく、ビジネスマンとして成功し、人柄も最高にすばらしい。リースが部屋に入ってくると、彼は太陽となり、ほかの人たちがその周囲をまわるのだ。彼みたいな人に会ったのは初めてだった。

「リースが嫉妬するなんて信じられないわ」アラナは言い張った。「きっとサラが何か困らせるようなことを言ったのよ」

「試してみようか？」

「何を？」

マイクはアラナのウエストにまわした手で、引きしまった男らしい体に彼女を引き寄せた。アラナがあえいだ。

リースは即座に反応し、表情を変えた。怒りで鼻がふくらみ、青い目が細くなる。

アラナは急にわけがわからなくなり、すっかり気が動転した。

「信じられない」震えた声でつぶやく。「リースは嫉妬なんかしないはずなのに」

「彼だって男だからな、アラナ。縄張り意識があるんだよ」

マイクが手の力をゆるめたので、ようやくアラナは節度ある距離を保てるようになった。

「でも、今まで嫉妬なんかしたことないのよ！」彼女はあくまで言い張った。「リースが気に入っているドレス、見たことあるでしょう。嫉妬深い男性が妻にあんなドレスを買うと思う？」

「事情によるね」

「どんな？」

「そもそも、なぜそういうドレスを妻に着せたいのかということさ」

「いったいなんの話？」

「わからないかい？」

アラナはぎくっとした。「もっとはっきり言ってよ」

「きみは夫の過去についてどれだけ知ってる？」ぶしつけな質問だった。

アラナは眉をひそめた。「たいていのことは知っているわ。彼は三人兄弟の長男で、高校生のころ、父親が電気事故で亡くなった。十七歳から週末に不動産販売の仕事を始めて、かなりの成功をおさめ、大学進学をやめた。それで、稼ぎが初めて百万ドルの大台を超えたのは二十一歳のころだって」

「そうじゃなくて、ごく最近の話だよ。きみと出会って結婚する直前のことは？」

「数年前、財政上の不運な時期があったという話は知っているわ。リチャードが手を貸してくれなかったら破滅していたって。でも、あなたが言いたいのは、元婚約者のクリスティンのことでしょう。金持ちの老人を選んで、彼を捨てたって聞いたわ」

そのせいでアラナと同じくロマンスには興味がないのだと、初めて会った夜、リースは説明した。激しく愛したあげく、アラナと同じように深く傷ついたから、もうあんな思いはごめんだと。

もちろんリースは、愛する夫が恐ろしい交通事故で死んだせいでアラナは傷ついたのだと思っている。彼女はダルコについて本当のことを話す気になれなかった。

それを思えば、リースも本当のことを言っているとはかぎらない。マイクはわたしの知らないことを知っているのだろうか？

「そうか。リースはクリスティンのことを話したんだね」マイクが言った。

「何もかも話してくれたわ」クリスティンが非常に美しかったことも、女優になりたがっていたことも、彼女が去っていったのは結婚式のわずか三週間前だったことも。

「それはどうかな。妻に何もかもしゃべる男はいないさ。とくに、あれほど卑怯《ひきょう》なまねをした女性のことは。男にはプライドがあるから」

女にだってプライドはあるわ、とアラナは言い返したかった。

「クリスティンは何をしたの？」

「リースにきいてくれ。ぼくはすでにしゃべりすぎた」

「そんなこと、リースにきけないわ。ねえ、マイク、教えて」

「何を教えるって？」

振り向くと、すぐ後ろに夫が立っていた。その目はマイクをにらみつけている。

「ぼくの新しいプログラムの仕組みを教えてほしいんだとさ」マイクがさらりと言う。

「それにしても、ぼくがコンピュータ用語を教えるより、アラナがダンスを教えるほうがずっとうまい。奥さんをお返しするよ。その顔を見るかぎり、そうしてほしいみたいだから。新郎新婦に挨拶《あいさつ》してこよう。じゃあ、またあとで。アラナ、ダンスの手ほどきをありがとう。いつか役に立つかもしれない」

背を向けて歩き去るマイクに、アラナはあらためて敬意をいだいた。彼がコンピュータの天才なのは知っていたが、これほど人あしらいが上手だとは思いもしなかった。臨機応変な対応は誰にでもできることではない。

アラナはリースの嫉妬とおぼしきものに正面から立ち向かう決意を固めた。何もなかったふりをしてみても、この先、思い悩むだけだ。それに、クリスティンがリースに何をしたかも興味がある。とはいえ、今ここで彼にきくわけにはいかない。陰でマイクと彼のことを話していたと知ったら、リースは怒るだろう。当然だ。

「なぜそんな目でにらんでいるの？」アラナは詰問口調になった。「マイクが、あなたは嫉妬してるって言っていたけど」

一瞬、リースの顔がこわばった。首の筋肉が引きつり、たくましい顎がますます角張って見え、ふだんは穏やかな笑みをたたえた形のいい唇が引き結ばれている。そして目……

これほど険しく冷たい目を見るのは初めてだ。

そのとき、リースが笑いだした。一緒にいると安心できる、アラナの知っているいつものリースに戻ったようだ。「妻がこんなに美しいんだから、少しくらい独占欲があってもいいだろう」

「独占欲と嫉妬は切り離して考えられないわ」アラナは静かな声でとがめるように言った。「わたしは嫉妬が大嫌いなのよ」

リースは口をすぼめたが、目は笑っている。「そうか。悪かった。そのドレスのせいだな」

「ドレス? おかしなこと言わないで。上品なドレスじゃないの」

「色のせいだよ。言っておくけど、教会の通路を歩いてくるきみを見たときから、不道徳なことを考えてしまった」リースは声をひそめ、愛しあうときのセクシーな口調で言った。ベッドでのリースは魅力的な言葉でアラナを褒めたたえ、いとしい人《ベイブ》と甘く呼びかけながら彼女を愛撫《あいぶ》し、興奮の渦に巻きこむ。

思い出しただけでアラナの呼吸は速くなった。リースも同じことを考えている。彼の顔に、目に、それが表れている。

「きみが欲しい、ベイブ」さらに声をひそめてリースがささやいた。「家に帰るまで待てそうにない」

その呼びかけは心に響き、アラナを刺激した。まるでリースが彼女の体内スイッチを押したかのようだった。アラナは口を開いたが、すぐに閉じた。情熱にくすぶった目で見つめられて、何も言えなくなったのだ。

欲望が宿るリースのまなざしは、これまでにも見たことがある。何度も。でも今夜のまなざしはいつもと違う。妖《あや》しく、刺激に満ちている。

突然、周囲の様子がぼやけ、夫の目しか見えなくなった。アラナは軽く唇を開いた。喉がからからで、鳥肌が立つ。

音楽がスローでロマンティックな曲に変わったのがぼんやりとわかった。

リースが無言で彼女を抱き寄せた。見つめる瞳が彼の心の内を物語っている。夫の欲望のあかしがおなかに当たるのを感じて、アラナはぞくぞくする興奮にとらわれた。胸の先端が硬くとがり、腹部が震え、体の芯《しん》がぎゅっと締めつけられる。

アラナは彼の首に腕をまわし、二人の体はぴったりひとつに溶けあった。

「キスしたい」彼女の髪に顔をうずめてリースがささやく。

「でも……無理よ」アラナは声を震わせた。「ここではだめ」

「だったら、どこで？」

アラナには彼の気持ちがよくわかった。キスだけでは終わらない。二人で、もっと人目につかない場所に行く。そう考えただけで顔がほてる。

あそこはどうかしら、と考えている自分に気づき、アラナはますます顔を赤らめた。二階の、ここからかなり離れた場所に化粧室がある。アラナはきのう、新婚旅行用の服を運ぶためにホリーと二階に上がったので、会場のレイアウトはよくわかっていた。

リースと二階に行きたい。その願望は驚くほど強かった。

去年リースと結婚したとき、アラナは自分の官能的な性格をなんとかしなければと思った。みだらな妻だと思われても、いいことなど何もない。

二人の結婚生活には満足している。とても幸せだし、リースに尊敬もされている。だけど、このまま彼の要求を受け入れてしまったら、そんなわたしを彼は尊敬してくれるだろうか？ ここで感情に溺《おぼ》れたらどうなる？ わたしはリースの妻に、彼の子供の母親になりたいのであって、愛人にはなりたくない。時と場所をわきまえず、彼のわがままな欲望の言いなりになる、妻という名の愛人には。

だめ。誘惑に負けるわけにはいかない。

「無理よ、リース。新婚旅行に出かけるホリーの着替えを手伝わなくちゃいけないもの」

「ホリーはまだ楽しそうに踊っているじゃないか」リースは、ダンスフロアで抱きあって踊る新郎新婦のほうを見た。「さあ、行こう」

「どこへ？」

「わかっているんだろう」うなり声がもれる。「きみの顔に書いてある」

アラナは身を引いてリースを見上げた。胸の内がそれほどはっきり顔に表れているの？

「ぼくたちは夫婦なんだから」リースがそっけなく言う。「何をしようと許されるさ」

「結婚していればなんでもしていいというわけじゃないわ」アラナはむきになって反論した。「悪いけど、家に帰るまで待って」

リースの顔が険しくなり、いらだたしげな表情になった。「ばかばかしい。きみだって望んでいるくせに。ぼくにはわかる」

リースに強く腕をつかまれたアラナは、その手を振りきって夫をにらみつけた。

「わたしが何を望んでいるか、勝手に決めつけないで、リース。とにかくだめよ。何があったのか知らないけど、今日のあなたは好きになれない。じゃあ、ホリーを階上《うえ》に連れていって着替えさせてくるから。家に帰るまでに、わたしが結婚した洗練された男性に戻っていてほしいものだわ」

3

帰りの車のなかは張りつめた静けさが漂い、リースには考える時間がたっぷりあった。家に帰ったらアラナが拒むはずはないと考えれば、いらだちは静まった。でも、その考えは正しいのだろうか？

アラナは子供を欲しがっている。妊娠しなかったとわかるたびにがっかりする様子を見ると、欲しくてたまらないようだ。本でいろいろ調べたり、キッチンのカレンダーで妊娠しやすい日に丸印をつけたりしている。今夜は最適の日ではないが、それにかなり近い。

披露宴会場でリースは、今夜アラナはきっとベッドをともにすると結論を出した。ゆうべも愛しあっていないのだから。アラナはきのう、ホリーの結婚の準備で忙しく、リースはリチャードやマイクと飲みに出かけた。午前一時ごろ家に戻ると、アラナはすでにぐっすり眠っていた。

だから今夜、ある程度彼の欲求は満たされるはずだ。とはいえ、何もかも解決するわけではない。

先ほど、いつもとは違うアラナが一瞬姿を現し、美しい緑色の瞳が野性味をおびて輝いた。

もう一度、あのときのアラナを呼びだしたい。バスルームを使うとき、妻にはドアの鍵《かぎ》を閉めてほしくない。必要以上にプライバシーを守ろうとする彼女にはうんざりだ。考えているうちに、リースはふたたびいらいらしてきた。突然、彼女に鋭い言葉を浴びせたくなった。挑発し、刺激してやりたい。

きみがセックスするのは、子供が欲しいという理由だけなのか？　リースは大声で言いたかった。クライマックスの演技をしているだけなのか？　ぼくのことはなんとも思っていないのか？　目的を達するための手段にすぎないのか？

正直に言えば、アラナがクライマックスの演技をしているとは思えない。しかし、彼女にはどこか装っているようなところがある。それが何かはわからないけれど。これまでは、彼女が心を開いてくれなくても気にならなかった。こちらの要求さえ満たせるなら、波風を立てる必要はない。

だが今夜、すべてが変わった。リースは、今まで以上にアラナを求めていた。そして必ず手に入れるつもりだった。

赤いメルセデスのスポーツカーの助手席で、アラナは窓のほうに顔を向け、膝の上で手を固く握りしめていた。

リースは怒っている。彼の怒りが感じられる。これまでの年月で、アラナは夫の怒りを感知するすべを身につけていた。

もちろんリースの怒りは、ダルコとはまったく違う。ダルコが怒ると、アラナは恐怖に震えるしかなかった。

今は震えていない。だが動揺し、うろたえていた。

リースを怒らせてしまった。アラナは過剰に反応した自分が情けなかった。彼のふるまいが悪いわけではない。少し独占欲を示しただけ。許しがたい行為とは言えない。彼は興奮していたし、わたしはほかの男性にダンスを教えていたのだから。

でも考えてみれば、リースの怒りは、一瞬彼の言うとおりにしたいと思ったわたしの心が読まれていたせいなのかもしれない。顔にそう書いてある、とリースは言った。

彼をもてあそんだようなものだ。燃えあがらせておきながら冷淡な態度をとってしまった。リースが怒るのも無理はない。

謝らなくては。それはわかっているけれど、言葉が出てこない。やがて、リースは家の私道に車を乗り入れ、ブレーキをかけた。ガレージの自動開閉装置のスイッチを押し、いらだたしげにハンドルを指でたたきながら扉が開くのを待つ。

アラナはもう一度、何か言おうとした。リースのほうを向いたが、言葉が見つからず、彼の向こうに見える立派な建物の正面を見つめることしかできなかった。

いつもの癖で、アラナは現実から一歩引き、今の暮らしを他人の目で眺めはじめた。女友達はみんな、あなたはとてもラッキーよと言う。たしかにわたしは幸運に恵まれている。すばらしい家。かっこいい車。きれいなドレス。

でも友達が幸運だと言っているのは、物質的な面だけではない。いちばんうらやましがられるのは、リースと結婚したことだ。誰もが尊敬するハンサムな夫がいるからなのだ。

リースが理想的な夫であるのは否定できない。仕事熱心で、明るく、妻に敬意を払ってくれるうえに、寛大で、恋人としても申し分ない。今夜まではセックスを強要することもなかった。ごくふつうの、ベッドのなかでの行為で満足していた。別の場所を望んだのは今日が初めてだ。

そう。表面的にはアラナはとても幸運だった。

でも、それだけではだめ。子供ができないのなら、なんの意味もない。

今夜、思いもよらない嫉妬《しっと》にかられたのは、リースだけではなかった。ホリーのドレスの着替えを手伝いに上の階へ行ったとき、アラナはホリーから妊娠を打ち明けられた。

それを聞いて、精いっぱい喜びを表したが、心の奥ではあせりを感じていた。三カ月前ピルの服用をやめてから、リースと定期的に愛を交わしているのに、まだ妊娠の兆候は見られない。こちらに何か問題があるのだろうか？　可能性はある。猛スピードで走る車から飛びおりた経験をしたら、体内にも傷を負わないはずがない。医師からは、時間がたてば完治すると言われたけれど。診断が間違っていたのかもしれない。調べてもらう必要があるのかも……。

「入らないのか？」

リースの鋭い声でわれに返ったアラナは、すでにガレージのなかにいるのに気づいてはっとした。ガレージの扉は閉まっている。

「もちろん入るわ」アラナは疲れたため息をつき、ドアを開けた。リースはまだ怒っている。「何を？」「ちょっと考えごとをしていたの」彼女は赤いハイヒールで車から降り立った。「何を？」続いて降りたリースは、ばたんとドアを閉めた。「ダンスの教師になることか？」

意地の悪い言い方に、アラナはショックを受けた。こんな彼を見たのは初めてだ。「まだ根に持っているのね？」

「当然じゃないか。妻が自分より長くほかの男と楽しそうに過ごしていたんだ。気にしない男がいるはずないだろう」

アラナは車の反対側に立つリースを見た。「ふだんのわたしはそんなことしないわ。でも、あなたがそんな態度をとるのなら、わたしも考える必要があるわね」

「どういう意味だ?」

「別に。なんでもないわ」

車の前をまわってリースのわきを通ろうとしたとき、アラナは彼に腕をつかまれた。リースはアラナを振り向かせ、正面から見据えた。

「きみがいろんな男と関係を持つのを、ぼくが許すと思っているのか?」声がかすれている。「ぼくたちは愛しあってはいないかもしれないが、神の前で忠誠を誓ったんだ」

「結婚の誓いを破るつもりはないわ」アラナは食ってかかるように言った。「でも、あなたが乱暴なまねをするのなら、離婚を求めるわよ」

リースは彼女の手を放そうとせず、紅潮したいらだたしげな顔でにらみつけている。

「だったら、赤ん坊は手に入らないぞ」彼は吐き捨てた。「きみがぼくと結婚した唯一の理由はそれだろう?」

「ほかにも理由はあるわ。家族が欲しかったと言ったでしょう」

「おおかた、ぼくの金が目当てだろうさ」

「違うわ。安心感が欲しかったのよ。そもそも、結婚に同意したとき、あなたがお金持ちだなんて知らなかったもの。ねえ、手を放して」

リースは腕をつかんだまま彼女の前に立ち、行く手を阻んでいる。アラナが身を引くと、車のフロントバンパーがふくらはぎに当たった。

「セックスはどうなんだ?」リースがかすれた声で続ける。「初めて会ったとき、きみは独身生活には向いてないと言っていた。毎晩ベッドで楽しませてくれる男が必要だという意味だろう。ぼくはきみを楽しませていないのか?」

アラナはわきへ逃れようとしたが、リースに肩をつかまれ、目をそらすことさえできなかった。

「どうなんだ、アラナ?」彼はとげとげしい口調で繰り返し、彼女を揺さぶろうとする。

「そんなこと言わなくてもわかっているはずよ」喉がつまって声がうまく出ない。

ガレージは寒かったが、アラナが震えだしたのは寒さのせいではなかった。

リースは彼女をぐいと引き寄せた。彼の青い目は夏の空のように容赦ない光を放っている。口元には同情のかけらもない。その唇がアラナの唇を覆った。

リースはアラナを喜ばせるキスの方法を知りつくしていた。結婚当初から、アラナはリースのキスに逆らうことなどできなかった。彼が顔を上げたとき、アラナはもう震えていなかった。

「車のボンネットに横になるんだ」リースがかすれた声で命じる。

アラナはショックに目を見開いた。「でも……」

「いいから口答えするな」さらにキスが深まり、アラナはもう抵抗できなかった。

エンジンの熱が残るボンネットに横たえられ、ウエストまでドレスをまくりあげられても、もはやいやとは言えなかった。

鼓動が激しくなる。肌は熱っぽく、頭がくらくらする。

「ああ、ベイブ」リースがうめいた。

アラナのドレスの下には、肩ひものない赤いボディスーツと、サスペンダーで吊《つ》ったストッキング、赤いレースの布切れがあるだけだ。

それらは新婦からのプレゼントだった。アラナはセクシーな下着が嫌いなわけではない。むしろ好きだが、赤を選んだことはなかった。

レースの下着を一気にはぎとられ、アラナははっと息をのんだ。脚を開かされ、体に彼の重みがかかると、アラナは下唇を噛《か》み、きつく目を閉じた。

緊張してキスを待ち受けたが、まず触れたのは彼の手だった。その手がじらすようにアラナの体じゅうをさまよう。

「しっとりと潤っている」

リースの声が聞こえた。彼の言うとおりだ。

夫に触れられると、アラナはいともたやすく反応してしまう。その気がなくても、すぐに彼が欲しくなるのだ。

いつまでも指でもてあそんでいるリースに、アラナはやめてと大声で言いそうになった。

彼女はリースの唇を、舌を求めていた。

ようやくリースが要求に応じると、彼の唇がもたらす甘美な感覚と興奮に、アラナは苦《く》悶《もん》の表情のまま首を左右に振った。

ふいに彼の体が離れたのを感じて、アラナはぱっと目を開けた。

「ここで……やめるなんてひどい！」思わず叫び声をあげる。

リースはにやりと笑い、ボンネットから彼女を抱き起こした。「ぼくはやめられるさ」

「ひどい人」

彼は荒々しく光る目で見つめている。その顔にセクシーで意地の悪い笑みが浮かんだ。

「おいおい、きみはレディなんだろう？」

「今はレディの気分じゃないわ」欲求不満がつのり、アラナは理性を失いそうだった。

「じゃあ、どんな気分か言うんだ」彼女を家のなかに運びながらリースは挑んだ。「どんなことをしてほしいか言ってみろ」

アラナは紅潮した顔をさらに赤らめた。

「さあ、言って」リースがからかうように耳元でささやく。「ここにはきみとぼくしかいないんだから。ぼくは聞きたい。何を考えているか教えてくれ。さあ、言うんだ！」

アラナは望みを口にした。

「心配ない、ベイブ」

リースは彼女を抱く腕に力をこめ、階段を上がって寝室に向かった。「喜んで希望をかなえてあげるさ。望んでいる以上のいい思いをさせてあげるよ」

4

眠っている妻を見てリースは迷った。起こすべきだろうか。今日は日曜日。リチャードの結婚式の翌日は疲れているだろうと考えて、とくに予定は入れていなかった。しかし、もう正午に近い。アラナは八時間たっぷり眠っている。

リースは彼女に相手をしてほしかった。

彼女が欲しい。ゆうべ発見した新しいアラナが。

ガレージでの出来事によって解き放たれたアラナを思い出し、リースはぞくぞくした。昨夜、寝室に来るとアラナは積極的になった。荒々しく彼の服を脱がせて彼の上になり、あらゆる方法を試そうとした。

それから、初めて二人でシャワーを浴びた。とても刺激的な経験だった。シャワーから出ると、アラナは少しためらったものの、リースの言葉に従い、美しい体をタオルやガウンで隠さず、何もまとわないままでいてくれた。

まるで見知らぬ女性と愛を交わしているようだった。いつもの、優雅で冷静で、ときには口説かなければ応じない妻とはまったく違っていた。あのときは完全な別人になっていた。

今朝のアラナはどちらだろう？

ゆうべのアラナの変身ぶりは、ふとした気の迷いだった可能性もある。彼女は披露宴で思ったより飲みすぎていたのかもしれない。たしかに、たっぷりシャンパンがふるまわれ、何度も乾杯をした。

あれがアルコールのせいだとは思いたくない。激しく求めるアラナは実にすばらしかった。リースはいつもと違う彼女のキスに歓喜し、彼の欲望のあかしをもてあそぶアラナに理性を奪われた。

思い出すのはやめろ。さもないと、またアラナと愛を交わしたくなってしまう。きっと彼女も拒まないだろう。それとも、拒否されるだろうか。今日は彼女に気楽に接したほうがいいとリースは直感でわかっていた。アラナがずっとあのまま情熱的だと考えるのはまだ早い。彼女はなかなか扱いにくい女性だ。勝手な憶測をしたら、いやがられるだけだ。

先に朝食をとろう。日が高く昇り、裏庭のテラスは気持ちがよさそうだ。

しぶしぶながらリースは足元に丸まったシーツを引っ張りあげ、美しい妻の体を肩まで覆った。そしてため息をつき、自分の体に厚いタオル地のローブをしっかり巻きつけてキッチンに向かった。

目を覚ましたアラナはすがすがしい気分だった。

それから思い出した。何もかも。

「あら、いやだ」思わずつぶやき、シーツをつかむ。彼女は寝室を見まわし、リースの姿を捜した。

落ち着かない気分のまま、ベッドのわきに置かれた時計を見て、愕然《がくぜん》とする。十二時十四分！　もう正午を過ぎている。こんなに遅くまで寝ていたのは初めてだ。

たしかに、ゆうべ疲れはてて眠りに落ちたのは明け方近くだった。

アラナは顔をしかめ、身震いした。あんなことをするなんて、何を考えていたの？

何も考えていなかった。それこそが問題だ。これまでかたくなに守っていた壁をゆうべリースに崩され、結婚後初めて、奔放で享楽的な世界へといざなわれた。若いころのアラナはそんな世界を楽しんだものだ。しかしその後、妻にとっては危険だと、いやというほど思い知らされた。

同じ過ちは二度と繰り返さない。リースと結婚したとき、アラナは心に誓った。いくら大らかで妻に愛情をいだいていない夫であっても、男は嫉妬《しっと》にかられることがある。そう。披露宴でのマイクとの出来事を思い出しなさい。あの時点では嫉妬していなかったにしても、リースは独占欲をむきだしにしていた。しかもその晩、わたしは本能のおもむくままに行動した。

彼はどう思っているだろう? 陰で妻が浮気をしていると考えているかもしれない。リースが仕事に出かけているあいだ、わたしには時間がたっぷりある。

アラナはうめき声をもらした。なんて愚かだったの。夫にパンドラの箱を開けさせてしまうとは。本当にばかだった。

昨夜の出来事がもたらす結果を考え、アラナは絶望感に打ちひしがれた。たとえわずかでもダルコと同じようなことをする人とは暮らしていけない。もしもリースがわたしの行動に口を出したり、わたしの話を信じなかったり、尾行したりするようになったら、もう結婚は終わりだ。

子供ができなくて、かえってよかったのだ。妊娠しやすい時期にはまだ数日あるので、昨夜愛しあったからといって、状況が変わるとは思えない。

リースと別れることを考えると、胸が張り裂けそうだったが、アラナはやっとつかんだ自尊心と自立を手放すつもりはなかった。

とはいえ、彼女のとり越し苦労だという可能性もある。もしかしたらリースはゆうべのなりゆきを喜んでいるかもしれない。なんといっても、リースとダルコは外見も性格もまったく違う。しかもリースは愛していると言ったことは一度もない。

そう考えたとたん、かえって気持ちが落ち着かなくなるのはなぜ？

アラナはシーツをわきに投げ、バスルームへ急いだ。シャワーを浴びて出てくると、タオルを体に巻きつけたままクロゼットへ行き、ジーンズと薄手のセーターを選んだ。今日はどこへも出かける予定はない。それが好都合かどうかは、今朝のリースの態度しだいだ。

家にいるときのアラナは化粧にもヘアスタイルにも手をかけないので、十五分後にはコーヒーを飲みにキッチンへ下りていった。リースの書斎をちらりとのぞいてみたが、彼はいなかった。きっと裏のテラスにいるのだろう。晴れた日の、彼のお気に入りの場所だ。

玄関ホールまで行くと、白いタオル地のローブ姿でサングラスをかけたリースがテラスの長椅子にもたれているのが見えた。オレンジジュースを飲みながら新聞を読んでいる。肘のそばにはシリアルの皿とスプーンが置いてある。

知らん顔であそこまで行って、おはようと言うべきかしら。しばらく迷ったが、今朝のアラナは大胆にふるまえる気分ではなかった。大胆さはゆうべ使いはたしてしまった。

思い出して、また胃が引きつる。リースがガレージから寝室へ連れていってくれたとき、あんなことを言ったのは本当にわたしなの？

そう、たしかに言ったのだ。もしかしたら、ダルコに対する反抗心からかもしれない。彼ならわたしの口を文字どおり石鹸《せっけん》で洗ったに違いない。

けれどリースは笑っただけだった。アラナはあの笑顔が好きだ。

立ったまま見つめている彼女の気配を感じたのか、リースがさっと振り返った。彼はジュースのグラスを持ちあげ、彼女を招いた。

アラナは大きく息をして玄関ホールと居間のあいだの段差を下り、右手のキッチンには寄らず、ガラスの引き戸からテラスに出た。

「よく眠れたかい？」リースが尋ねた。

「おかげさまで、ぐっすり。あなたは？」なんて礼儀正しい会話なの。まるで朝食の席で会ったホテルの宿泊客みたい。

リースはほほ笑み、サングラスを外してテーブルに置いた。「快調だよ。座ったら？」

「まずはコーヒーを飲みたいわ。起き抜けの一杯を飲まないと、頭がまともに働かないのよ。あなたも何か飲む？」

「きみと同じものを頼む」リースはとびきりの笑顔を見せた。

アラナは、ほっとした思いが顔に出ないよう気をつけた。だが、何も問題はなかったとわかって、胸がいっぱいになっていた。

「まずはコーヒーだけね」アラナは彼にほほ笑み返した。

「コーヒーだけでは生きられないよ、ダーリン。そのうち痩《や》せ衰えてしまうぞ」

「あとでちゃんと朝食をとるわ」

「ブランチを食べに行こうか？　フェリーでダーリング・ハーバーに行ってもいい」

「あなたはもう朝食をすませたんでしょう？」アラナはテーブルを示した。

「ジュースとシリアルだけだよ。ゆうべのあとだから、ものすごく食欲がわいてきた」青い目を輝かせて言う。

彼はからかっているのだ。でも、今までセックスがらみでからかわれたことはなかった。

「食欲があるとしたら、わたしのほうよ。あなたはほとんど何もしなかったもの」

リースは絶句した。彼女の言うとおりだ。彼は官能的な唇でにやりと笑ってみせた。

「言ってくれるじゃないか！　でも、きみは断片的な記憶しかないみたいだな。ゆうべ、もうやめてときみが懇願したのを、この耳ではっきり聞いたんだから」

「そんなの空耳よ」アラナはつんと澄まして答えた。彼女は会話を楽しんでいた。「わたしはやめてほしいなんて絶対に頼まないわ」

「へえ？　それなら何を頼んだんだ？」

「何も頼んでないわよ」

「男は女性に懇願させなくては意味がない」リースは、セクシーな気分になったときの癖で低い声になった。「すると、女性は母親のしつけから解放されて夫の望みどおりの女性になれる」

「どんな女性？」

「ゆうべのきみのような女性さ」

「男性がみんな、ああいう女性が好きなわけじゃないわ」考えるより先に言葉が出ていた。

「そんな男はばかだよ」

「あなたは……きのうみたいなわたしがいやじゃないの?」あまりにも弱々しい口調に腹が立つ。ところが急に、自分がその口調どおりの弱い人間になった気がした。

リースは当惑しているようだ。「いやなはずがないだろう」彼はオレンジジュースを置き、ローブのひもを結び直しながら立ちあがった。「コーヒーをいれるなら、ぼくもなかに入るよ。ぼくがいやがると考えたわけを教えてくれ。嘘《うそ》をつこうなんて思うな」リースはきっぱりと言い、彼女の腕をとって部屋に入った。

「わたしが嘘をつくとでも思うの?」アラナはさりげなく言い返したが、実際はすっかり混乱していた。


アラナは嘘をつくだろうか?

きっとつく。リースは決めつけた。

どういうわけか、彼女はこれまで本当の自分を見せなかった。それが、どうしてゆうべは突然本来の姿を見せたのだろう? きのう、彼女に何か起こったのか?

アラナと一緒にキッチンへ行く途中、答えがひらめいた。

ぼくが変わったからだ。披露宴会場で本能のままに独占欲をむきだしにし、ガレージでいつになく強い欲求不満を感じて、繊細な現代人の仮面をかなぐり捨てたから。

アラナは、いやだと言いながらも荒々しい男に惹《ひ》かれるタイプなのだ。

覚えておこう。

「それで？」リースはアラナの手を放し、朝食用カウンターのスツールに腰かけた。

アラナは何も言わず電気ポットのスイッチを入れ、頭上の棚からマグカップを出した。

「それでって？」ようやく、わざと無表情な顔をして彼女は答えた。

リースは天を仰いだ。「ゆうべのことをぼくがいやがっていると思った理由だよ」

アラナはさりげなく肩をすくめた。「いつものわたしと違っていたから」

「そうだな。全然違っていた」

彼女がじっと見つめている。美しい緑色の目によぎったのは、まぎれもなく恐怖だろう。

「でも、すばらしかったよ、アラナ。本当にすばらしかった」

アラナは、昨夜の自分の行為が気に入らないというように、はっきり顔をしかめた。

「リース、本気なの？」いじらしいほど不安そうな表情だ。

いつもの冷静で自信に満ちあふれた態度とかけ離れた様子を見て、リースは心を動かされた。彼女が人からの励ましや保護を必要とする女性だと思ったことは今まで一度もない。

「もちろんだよ」それは心からの言葉だった。「ゆうべも言ったとおり、ぼくたちは結婚している。二人で何をしようと許される」

アラナは目をみはった。「いったい……どういう意味？」

「軽く縛って楽しむのはどう？」きっと彼女はさらにセクシーな行為をしてくれるに違いない。

アラナがすぐさま見せた反応に、リースはその考えがまったく的外れだったことを思い知らされた。

「絶対にいやよ」彼女はぴしゃりと言った。「縛られるなんて、ぞっとするわ」

「遊びでやるだけだよ」

「そんなの面白くもなんともないわよ」

アラナの態度にリースは驚いた。ゆうべみたいに愛してくれる女性なら、エロティックなゲームを楽しむだろうと思っていたのだ。見当違いもいいところだった。

「まあ、どうしてもというわけじゃないさ」急いでとりつくろうように言う。

「よかった。ねえ、ほかの話をしない？　ゆうべたっぷり愛しあったから、この週末はもういいんじゃないかしら」

リースはなんと言っていいかわからなかった。午後は新たなセックスの幅をさらに広げて楽しむという計画が台なしになった。

アラナはセックスに関して全面撤退を決めこんでいる。

対処法は二つ。リースは思いを巡らした。爆発寸前の自分を抑えて彼女の言うとおりにするか、昨夜と同じ方法で彼女をこちらの望むままにするか。
野蛮人のやり方で。

5

アラナはリースに背を向け、電気ポットのスイッチを止めて、インスタントコーヒーの粉を入れたマグカップに熱湯をそそいだ。

リースがキッチンまでついてきて、こんな会話を始めなければよかったのに。

アラナはまた過剰に反応していた。とげとげしく彼に突っかかり、愛を交わすのはいやだとほのめかすなんて、どうかしている。たとえ今が妊娠可能な日に近くなくても、彼女はリースに愛してほしかった。

彼が驚くのも無理はない。テラスで陽気につやっぽい冗談を言っていたかと思うと、キッチンではいらついていてとり澄ましているのだから。死んで埋葬されているダルコの影響力が今でも及んでいるのが、アラナはやりきれなかった。

急にキッチンのなかに重苦しい緊張感が漂った。しかめっ面をしたリースの視線を感じる。おかしな女と結婚してしまったと思っているに違いない。

ええ、わたしはおかしいわ。精神的に傷つき、ゆがんでしまった女よ。マグカップを手にアラナは惨めな気持ちで流しへ向かい、熱すぎるコーヒーに水を足した。

時間を巻き戻して、もう一度やり直せたらいいのに。

そのとき、ふいにリースがアラナの腰に腕をまわしてきた。

「あ！」アラナが驚いた拍子に、カップの熱いコーヒーが流しにこぼれた。「リース、何をするの？」彼女は息を切らした。

きくまでもない。夫が何をしているかよくわかっている。彼の手はセーターの下にもぐりこみ、ブラジャーをつけていない胸を探っている。

「ぼくのことは気にしないで」リースはささやきながら手のひらで撫《な》で、彼女の胸の先端を硬くとがらせた。「コーヒーを飲んでくれ」

気にしないで、ですって！ こんなことをされて気にしないわけがないでしょう。

リースが親指と人差し指で硬くなった胸の頂をつまむと、アラナの頭はくらくらした。

コーヒーなんか飲んでいる場合じゃない。アラナは、カップを落とさないよう両手でしっかり握りしめていることしかできなかった。

そのうち、彼女は悩ましげな声をもらし、リースの肩に頭をもたせかけた。

リースはセーターの下に入れていた手を出し、彼女の震える手からマグカップをとって流しに置いた。そしてセーターをたくしあげ、頭から脱がせて、キッチンカウンターにほうり投げる。

「だめだ」アラナが振り向こうとすると、リースは制止した。「そのまま動かないで」

「でも……」

「黙って、いとしい人《ベイブ》」かすれた声でささやき、彼女がはいているローウエストのジーンズのボタンを外してファスナーを下げる。

「でも……」

リースは、アラナの顎に片手を添えて振り向かせ、唇にキスをしながら、もう一方の手を彼女の張りつめた腹部からショーツへと下ろしていった。リースの唇が離れると、アラナは、彼の右手の巧みな動きが引き起こす興奮に溺《おぼ》れながら、彼の胸と肩にもたれた。

そのころには、先ほどまでの心配など消えうせていた。リースは感じやすいアラナが好きなのだ。彼女もそんな自分でいたかった。

ようやく過去から解き放たれ、ありのままの自分で夫と愛しあえるのが夢のようだった。

リースは広げた手のひらで、ふたたびアラナの感じやすい胸の先端をもてあそんだ。彼女は歓喜に身を震わせた。

それだけではもう我慢できない。手ではなく、彼そのものが欲しい。

「リース」かすれた声でつぶやく。

「なんだ？」

「お願い……もうだめ……それだけじゃいや……お願い……」

「懇願しているんだね、ベイブ?」

「そうよ。お願いだから」

「ここで?」

「ええ。ここで、今すぐ」アラナは自らジーンズと下着を押しさげ、一糸まとわぬ姿になった。顔は赤らみ、体は震えている。

リースに触れようとしたが、彼は振り向くのを許してくれない。アラナは身動きできず、流しに向かっているしかなかった。

「ああ、お願い」またしても悩ましい声をあげる。ヒップを力強く愛撫《あいぶ》するリースの手が這《は》いおり、アラナの脚を開かせる。優しいその指づかいに、アラナはさらにわれを忘れ、本能のままに彼に向かって腰を突きだした。

リースが押し入ってくると、アラナは叫び声をあげた。彼はいつもより硬く張りつめている。手で彼女の腰を押さえ、優しく官能的なリズムを刻むリースに合わせて、アラナは体全体をゆっくり前後に揺らした。

頭がくらくらして胸が高鳴る。アラナは息を切らしながらリースをしっかり包みこみ、解放のときを待った。

「そうだ、ベイブ。いいよ」

最初のクライマックスを感じて、アラナは大きな声をあげた。歓喜の波が次々と襲い、彼女は白くなるほどきつく拳《こぶし》を握りしめた。続いてリースもクライマックスを迎え、アラナは体の奥にほとばしる熱いものを感じてあえいだ。

これこそ愛の行為だ。彼女はぼうっとする頭で考えた。男と女がひとつになる。情熱のおもむくままに。抑制を捨てて。

リースの言うとおりだ。わたしたちは夫婦なのだから、いつ、どこで、どんなふうに愛を交わしてもかまわない。

リースは彼女をしっかり抱きしめてまっすぐに立たせ、自分にもたれかからせた。アラナは満足げな吐息をもらした。

「これからは、ぼくの前でそういう自分を隠してはだめだ」リースの手が、ぐったりした彼女の体を優しく撫でおろす。「二度と隠すんじゃない。これがきみなんだ、アラナ。きみほど官能的な女性は愛に満たされるべきだ」

「そうなの？」アラナはまだ呆然《ぼうぜん》としていた。

「自分でもわかっているだろう」

二人を心地よく包む温かい毛布のような雰囲気は、突然鳴りだした電話の音に破られた。

「出なくていい」リースが命じる。

しばらくしてアラナは言った。「でも、大事な用かもしれないわ。あなたのお母さまは最近、具合がよくないんだから」

リースの母親は糖尿病を患っていた。

「くそ、きみの言うとおりだ」

「電話に出て」アラナは夫の腕から離れた。

リースはため息をつき、ローブのひもを腰に結び直した。「わかったよ。でも、きみの友達からの遊びの誘いじゃなければいいんだけど」

アラナはカウンターの上にあるセーターをつかんで、頭からかぶった。幸い、腿の上まで隠せる丈の長いセーターだった。精神的束縛を解かれても、明るく澄みきった昼間のキッチンに裸でいるのは恥ずかしい。

「もし友達だったら、わたしは気分が悪くて今日は寝ていると言って」

「悪い女だな」リースはにやりとし、壁の受話器をとった。「リース・ダイヤモンドです」陽気な声で応答する。

いったい誰からかとアラナは見守った。

「こんにちは、ジュディ」リースの口から出たのは、アラナの母親の名前だった。「こんな時間にどうしたんです?」

アラナの母親はよく日曜日に電話をかけてくるが、いつも夜と決まっていた。シドニー郊外のセスノックは地球の裏側というわけではないけれど、七時以降は電話代が安くなるからだ。ジュディは節約家だった。

「何かいわくありげですね」リースが電話に向かって話している。「はい、わかりました。アラナはここにいるので、今代わります。お待ちください」

リースは受話器を片手で覆い、アラナに小声で伝えた。

「お母さんだ。急ぎの知らせがあるらしい」

アラナは胃がぎゅっと引きつるのを感じた。前回母から急ぎの電話がかかってきたときは、父が死んだことを知らせるためだった。金曜の夜、行きつけのパブで喧嘩《けんか》になり、殺されたのだ。十年前、アラナが二十歳《はたち》になったばかりだった。

「いい知らせか、それとも悪い知らせだと思う?」アラナはリースに尋ねた。

「ご機嫌で、それになんだか恥ずかしがっている感じだったよ」

リースから受話器を受けとりながら、アラナは眉をひそめた。恥ずかしがるなんて、まったく母らしくもない。

「もしもし、お母さん?」声に当惑がにじんだ。

「すばらしいニュースがあるの。ゆうべ、ボブから結婚を申しこまれたのよ」

「まあ!」アラナは思わず歓声をあげた。「よかったじゃない。ボブは本当にすてきな人だもの」そばで見守るリースに彼女は伝えた。「母がボブにプロポーズされたんですって」

「ぼくからも、おめでとうと伝えてくれ」リースがうれしそうに言った。

アラナはうれしいと同時に驚いていた。母が高校の数学の教師とデートしていることは知っていたが、再婚するとは思ってもいなかった。

苦痛と不幸しかもたらさなかった結婚生活に再挑戦することがどんなに大変か、アラナには痛いほどわかる。アラナの父親は、夫としての義務をまったく果たさず、家族を顧みることなく、職場の同僚とパブのためだけに生きているような愛情の薄い男だった。酒を飲むと口汚くののしり、妻に当たりちらしたものだ。

アラナはそんな父親を憎み、軽蔑《けいべつ》し、十八歳で学校を卒業するとすぐに家を出て、シドニーに移った。それから母親と会う機会も減った。母が何年間も父と一緒に暮らしていた理由がわかったのは、ずっとあとになってからだった。自分も結婚したおかげで、当事者でもないのに非難することはできないと理解したのだった。

「二人でシドニーに遊びに来るよう伝えてくれ。特別な店で、みんなでお祝いしよう」リースは言い残し、キッチンを出ていった。

「聞こえたわ」アラナの母が電話の向こうで言っている。「ぜひそうしたいわね。いつ?」

「予定を調べてみるわ。リースのことはわかっているでしょう。いろいろつきあいが忙しいの。今度の金曜の夜はパーティだし、土曜の夜は美術展の予定が入っていたはずよ」

「あらまあ。いったいどうやってそんな男性と一緒に暮らしているの?」

アラナは笑った。「簡単よ。わたしも同じくらい忙しくしているもの」そのとおりだった。仕事はしていなくても、アラナは毎日ぎっしり予定を入れている。表面的なつきあいにすぎないものも多いので、赤ん坊ができたら状況は変わるだろう。

「思っていたより、リースとの結婚はうまくいっているようね。お互いに愛していない人と結婚すると聞いたときは、心配したわ。でもリースと会ったら、全面的にまかせられる人だとわかって、本当によかったと思ってるの」

「身も心もまかせられるわ」頭に浮かんだエロティックなイメージが母親に見えなくて幸いだとアラナは思った。ぞくぞくする興奮が体を駆け抜け、まだ胸の先端がとがっているのがわかる。「ねえ、お母さん、残念だけどもう切らなくちゃならないの。今夜、電話していいかしら？　結婚式の計画を立てましょう」

「そうね。きのうの結婚式の様子も聞かせて」

「ええ。七時ごろ電話するわ。じゃあね」

電話を切ったアラナは化粧室に入り、手を洗いながら考えた。いったいいつになったら妊娠するのだろう。さっきは子作りをまったく意識していなかった。むしろ、そのほうがいいのかもしれない。考えすぎたり、期待しすぎたりしてはいけない。ストレスや緊張が不妊の原因にもなる。肉体的に問題がなくても、うまくいかないらしい。頑張りすぎるとだめなのだ。

アラナが二階に上がったとき、リースは寝室に続くバスルームの洗面台の前で髪を整えていた。ジーンズにジョギングシューズ、瞳の色によく合う青いウインドブレーカーに着替えている。

「お母さんにしては短い電話だったね」リースが鏡のなかのアラナにほほ笑みかけた。

「今夜、電話するって言ったの。あそこでずっと話しているわけにはいかないもの」

「そうだな。もう出かけられる？」

「どこへ？」

「ランチに」

「わたし……その……今日は一日じゅう家にいてもいいと思っていたんだけど」アラナは、顔を赤らめたり不道徳だと感じたりしないよう、自分に言い聞かせた。リースは大胆なわたしが好きなのだから。そうでしょう？

「なかなか魅力的な提案だな。でも、一日じゅう家にいたら体がもちそうにない。きみから離れられなくて、くたくたになってしまう。中心街までドライブして何か食べないか」

「中心街？　それにどうしてドライブなの？　ダーリング・ハーバーまでフェリーで行こうって言っていたのに」

「中心街のほうが店が多い。ランチのあと、お母さんとボブの婚約祝いを探そうと思ってね。だから車で行くんだ」

アラナの目が輝いた。彼女はリースとプレゼントを買いに行くのが好きだった。彼はそういう点がほかの男性と違う。人のための買い物が好きで、どんなに時間や費用がかかろ

う と気にしない。クリスマスの買い物は驚くほどだ。

「あなたのお母さまにも、ちょっとした贈り物を買いましょう」アラナはうきうきしてきた。

「いい考えだ。じゃあ」リースはちらりと腕時計を見た。「髪や顔はそのままでいいよ。きみはきれいだし、しゃれた店では食べないから。口紅だけ塗って、ジャケットをとっておいで」

アラナはくるっと目をまわしてみせた。「リースったら。こんな格好じゃどこへも行けないわ。十分だけ待って」

「十分だけ。それ以上は一秒たりともだめだ」

十二分後、リースの赤いメルセデスは中心街へ向かっていた。運転するリースも助手席のアラナも上機嫌だ。

最初の交差点に近づいたとき、二人の車線の信号が赤から青に変わった。その瞬間、赤信号を無視して交差する道を左側から緑色の小型セダンが突っこんできた。

交差点の手前に違法駐車していたトラックで視界がさえぎられていたリースの目の端に緑色の車が現れ、まっすぐアラナに向かってくるのが見えた。

とっさにリースは大声をあげ、ぐいと右にハンドルを切った。緑色の車が後部に接触し、メルセデスは右に回転して反対車線をふさいだ。

そこへ別の車が助手席側に突っこんできた。黒い頑丈そうな大型車だった。ブレーキのきしる音とアラナの悲鳴が響く。ハンドルを握りしめるリースの耳に、金属のぶつかりあう音が聞こえた。飛びだした助手席のエアバッグが間違いなく機能しているよう、彼は祈った。

ようやくすべてが止まったとき、リースは必死の思いでアラナを見つめ、悲痛な絶望の叫び声をあげていた。

美しい妻は意識がなく、頭がおかしな角度に傾き、肌は血の気がうせて真っ青だった。

6

リースは一瞬、アラナが死んだかと思った。だがそのとき、彼女の頭が動き、小さなうめき声が唇からもれた。

リースは急いで携帯電話をとりだし、たたきつけるように緊急番号を押すと、大声で救急車を頼んだ。電話を切ったころには、車のまわりに人だかりができていた。運転席のドアを開けた人が、リースに大丈夫かと尋ねた。

「ぼくはなんでもない。怪我《けが》をしたのは妻だ」

リースがアラナに触れようとすると、男性が声をかけた。

「動かさないほうがいい。救急車を待つんだ」

リースは手を止め、振り返った。白髪の男性で、年のころは六十代だろうか。

「でも……」

「きみが彼女を愛しているのはよくわかる。だが、今してやれることは何もない。待つんだ」同情にあふれた優しい目で男性が言った。

リースはがっくりと運転席に寄りかかった。これほどの無力感にさいなまれたのは生まれて初めてだ。これほどのショックも。

ああ、どうかアラナを死なせないでくれ。

救急車が到着するまでリースは祈りつづけ、妻の命とひきかえに、あらゆることを神に誓った。

アラナはそれほど悪い状態ではなく、麻痺《まひ》もないという救急隊員の言葉を聞いたとき、リースはその場で号泣しそうになるのをこらえ、アラナを運びだす隊員を手伝った。つぶれた助手席側のドアをこじあけるのは無理だとわかり、アラナは運転席側のドアから慎重に出され、担架で救急車に運ばれた。リースは助手席の足元からアラナのバッグを拾い、自分の車の牽引《けんいん》を指示して、意識のないアラナに付き添おうと救急車の後ろに乗りこんだ。

そのころには六台の牽引トラックが来ていた。警察官が、目撃者や、事故にかかわった二台の車の運転手から事情を聞いている。彼らは怪我もしていなかった。フランクという名の巡査部長が、動揺するリースに、話はあとで聞くからアラナと一緒に行けと言ってくれた。

救急車が病院に着くと、アラナは精密検査を受けるために連れていかれた。リースはひどい頭痛と右肘の軽い痛みを感じていたが、大丈夫だと言い張り、自分の検査を拒否した。

誰がなんと言おうと、アラナから離れるつもりはない。

ところが、くたびれきった顔つきの二十代後半と思われる救急治療室の医師も頑固だった。今は誰も患者のそばにいることは許されない、アラナの検査と治療がすんだら声をかけるので落ち着いて待っているように、と医師は言った。

「落ち着けだって。冗談じゃない」リースは小声でつぶやきながら待合室を歩きまわった。

そのとき、神との誓いを思い出し、彼はつのる不安を抑えた。待合室の隅の、あまり衛生的とは言えない古びた機械から紙コップにコーヒーをつぎ、灰色のビニール椅子に腰を下ろして待つ。

それからの一時間半は、なんとも耐えがたかった。リースは我慢しきれず、三回も部屋を飛びだし、気難しい顔をした看護師にアラナの容体を尋ねた。そのたびに、まだ何もわからないので医師が呼ぶまでお待ちになってくださいと言われた。

神は誓いを聞き入れてくれなかったに違いないと、とり乱しそうになっていたころ、ようやく医師が現れた。その表情を見て、リースの不安はますます高まった。

「いったいどうなんだ？」リースはもどかしげに尋ねた。「妻には麻痺も何もないと聞いたが」

「いえいえ、そういう心配はいりません。奥さんの意識は戻りました。事故で側頭部を打ったんでしょう、額の左上の髪で隠れた部分に大きなこぶができています」

「じゃあ、何が問題なんだ?」

「それがですね、ミスター・ダイヤモンド。ご主人に来てもらいますと言ったら、奥さんはヒステリーを起こして、ご主人に車で殺されそうになったと言うんです」

「なんだって? そんなばかな! どうしてそんなことを? 彼女と話をさせてくれ」

「ミスター・ダイヤモンド、あいにく、警察に連絡するまでは無理なんです」

「ぼくが彼女を傷つけるわけがないじゃないか!」リースは不快感と混乱で興奮ぎみだった。「それは彼女もわかっているはずだ。きっと何かの間違いだ。頭を打ったせいで脳に何か影響が出ているのかもしれない」

「奥さんの言葉には説得力がありました。事実はどうであれ、あなたが殺そうとしたと信じているのです。ご自分とおなかの子供を」

リースは呆然《ぼうぜん》と医師を見つめた。「子供? 妻は妊娠なんかしていない」

「まだ妊娠してほんの数週間だと言っていました」

「いいか。アラナは妊娠していないんだ。検査をしてみればいい。確かめてくれ」

医師は、どちらの言い分を信じればいいのかと探るようにリースの顔を見つめている。この混乱を解決するにはまず落ち着かなければならない。リースは自分に言い聞かせた。

「わかりました」ようやく医師が言った。「では、一緒に来て、検査をするあいだ、わたしのオフィスでお待ちください」

また待つのか。忍耐を試されている。忍耐は彼の長所ではない。

やがて、リースは悩みはじめた。そもそも自分に長所などあるのだろうか。

事故現場で神に誓ったとき、自分の人生には改善の余地がまだまだあると気づいた。正直なところ、毎週教会に通うと誓うのはためらわれた。日曜日のたびに教会で祈ったところで、自分のためにも、家族のためにも、地域のためにもならないと思えたのだ。しかし、もっといい人間になるという誓いは立てた。病気を抱えた母と過ごす時間を作り、できの悪い弟二人に優しくし、貧しく恵まれない人々に寄付をしよう。

これまでにもさまざまな慈善団体に寄付はしていたが、そこそこの額にすぎなかった。マイクのように、収入のなかからかなりの割合を、サマーキャンプの設立やコンピュータ購入など、恵まれない子供たちのために充てているわけではなかった。マイクを成功へかりたてる力は、リースと違って、自己本位のものではない。

リースは、最初のうちこそ母と家族を支えるために金を稼いでいたが、いつしか自分のためになっていた。それはとどまるところを知らなかった。

たしかに、金があることはすばらしい。しかし、人生において本当に価値のある存在を失うかもしれないという事態に直面した今、金などなんの意味もないことを悟った。

ぼくの人生に必要なのは妻のアラナだ。

「くそ。それにしても、あのやぶ医者はどこへ行った？」リースは立ちあがり、医師の小さなオフィスをうろうろした。
二、三分後、勢いよくドアの開く音で、リースは振り返った。
「それで？」

医師の有能そうな目には当惑がにじんでいた。

「おっしゃるとおり、奥さんは妊娠してらっしゃいませんでした。まだ本人には伝えていませんが。話しても喜ばれるとは思えませんからね。鎮静剤を投与して、精神科のドクター・ベッカムを呼びました。すぐに来るでしょう。そのあいだ、ご主人は家に戻られてはいかがですか。ここにいても、できることはありませんので」

アラナが大丈夫かどうかわからないのに、ひとりで家にいられるわけがない。

「少しだけでも彼女に会わせてもらえないか」リースは頼みこんだ。「入口か窓からのぞくだけだ。先生もそばにいればいい」

「それならかまわないでしょう」

現実とは思えない奇妙な感覚にとらわれながら、リースは医師とともに病院のつややかな廊下を進んだ。アラナの幸せな人生を祈ったことはあったが、彼女の精神状態のために祈ることになるとは思ってもいなかった。

窓の手前で医師が立ち止まった。「あそこです」窓の向こうのベッドを指さしている。

リースはベッドに横たわるアラナの金髪を見つめ、こちらを向くよう一心に祈った。

彼女がゆっくり窓のほうを向いた瞬間、リースはびくっとし、目が合うと、体の内側から締めつけられる気がした。アラナの目に恐怖が見えたら、どうすればいいんだ。しかし、リースをまっすぐに見つめる、どこかぼんやりとした緑色の目に恐怖は浮かんでいなかった。何かききたそうな表情をしている。それだけだ。ただ、それだけ。

「ぼくがわからないんだ」ぎょっとしてリースは医師に言った。「見たでしょう？　彼女はぼくがわからないんだ！」

「そうですね」医師は額にしわを寄せている。「ちょっとうかがいますが、ミスター・ダイヤモンド、奥さんはこれが二度目の結婚ですか？」

「ああ、そうだ。でもなぜ？」

「もしかしたら……」

「え？　どういうことだ？」

「ここで待っていてください。すぐに戻ります」

医師はリースを残して病室に入っていき、アラナと短く言葉を交わすと、戻ってきて、信じられないというように首を振った。

「このようなケースは初めてです」医師はリースを窓から引き離した。「警察に話すからと、奥さんにご主人の名前を尋ねたんです。ちなみに、奥さんはあなたを警察の人だと思っていますよ。彼女は、ご主人の名前をダルコだと言いました。ダルコ・マリノフスキ。

前のご主人の名前ですか?」

「さあ」認めるのは気が引けた。「結婚していたことしか知らないんだ」

「ふむ。ドクター・ベッカム以外の医師とも相談しましょう。奥さんには神経科医も必要です」

「思ったとおり、脳に問題があるんだ」

「そうですね。奥さんは一種の記憶喪失になっています。記憶が全部なくなったわけではない。一部がすっぽりなくなっているんです」

「そこにぼくも含まれているんだな」リースはうろたえると同時に、屈折した安堵《あんど》感にも浸っていた。

少なくともアラナは、ぼくが彼女を殺そうとしたとは思っていないようだ。

すると、最初の夫が殺そうとしたと思っているのか。ダルコという男。何やら外国人風の名前だ。ともかく、そいつが、かつてアラナの愛した男なのだ。にもかかわらず、その男が自分とおなかの子を殺そうとしたと彼女は信じている。

突然、リースはあることを思い出した。

「最初の夫は交通事故で死んだんだ」

「ああ」医師は顎をこすりながら答えた。「それだと説明がつきますね。そのご主人が事故に遭ったとき、彼女も一緒に乗っていたんでしょうか?」

リースは顔をしかめた。「さあ」

医師は非難めいた鋭い目で彼を見た。「奥さんの過去についてあまりご存じないようですね」

リースはますます居心地の悪さをおぼえた。

実際、知らないのだ。

でも、それはぼくのせいなのだろうか？　それともアラナのせいか？

たぶん二人の責任だ。お互いに自分の目的のために結婚したので、二人とも相手にすべてを告白しなかった。過去の話は、ロマンティストの婚約者のあいだでは意味が深い。熱烈に愛しあっていれば、相手のすべてを知りたいと思うものだ。

だが、リースはアラナの過去を知りたいとは思わなかった。アラナが妻になってくれる女性なら、それでよかったのだ。

ところが今、すべてが変わった。

「妻がぼくに隠しごとをしていたとは思えない」医師にというより、自分に言い聞かせるような口調だった。だが、そういうぼく自身はどうなんだ。

クリスティンと別れた悲惨なあの日のことはアラナに話していない。クリスティンの言動は、その後も長いあいだ、ナイフのようにリースの胸をえぐり、苦しめた。結婚当初、アラナを復讐《ふくしゅう》のための道具と考えていたのだが、もちろんそんなことを彼女に話せるわけがない。彼女が妊娠していたかどうかなど、考えたこともなかった。リースはひねくれた気持ちで、世間と……そしてクリスティンに美しいアラナを無遠慮に見せびらかしていただけで、アラナの心のなかは気にとめていなかったのだ。

ところが、アラナは知らず知らずのうちにリースの心に入りこみ、クリスティンを忘れさせ、アラナに関心を向けさせた。

なのに……今ではアラナは彼が誰かまったくわからないとは。

リースはさらに鋭利な刃物で胸と心をえぐられるような気がした。彼女が二度と思い出してくれなかったら、どうする？

ゆうべ、願いどおり、アラナは熱い目で見つめてくれた。何度も。それなのに今日は、あの愛らしい緑色の瞳がぼくを思い出してくれれば、それだけでいいと願っている。

「頼むからこれは一時的な症状だと言ってくれ」リースは打ちのめされた表情で医師を見た。

「そうだと思いたいですね」思案した末に、医師は答えた。「記憶喪失について調べたのですが、精神的なダメージからくる記憶喪失は、時間がたてば回復すると言われています。しかし、すべての人が治るわけではありません。それにわたしの専門ではないので、専門知識のある医師と話してください。神経科の医長、ドクター・ジェンキンスの診察を手配しましょう。申し訳ありませんが、わたしは救急病棟に戻らなくては。ドクター・ジェンキンスが来るまで数時間かかります。たしか、この週末はスキーに行っているはずですから。それまで、家に帰られてはいかがですか」

「家に帰るだって！　冗談じゃない。アラナはぼくを警官だと思っている。だったら、精神科のドクター・ベッカムが来るまで、彼女のそばにいてもいいでしょう。彼女は夫に殺されると思って、ひとりぼっちで怖がっているはずだから」

医師は納得していないようだ。

「誰もいないよりは、ぼくがいたほうがいいんじゃないのか？」リースは説得した。「ぼくを警官だと思っているのなら、そばにいればかえって安心するはずだ。彼女を守るために来たと言えばいい。動揺させる言動は慎むから」

医師は疲れきって見えた。救急病棟に戻らなければならないせいだろう。

リースはいらだちをつのらせた。「いったいなんの問題があるっていうんだ？」

「わかりました。でも、看護師に監視させますよ。今、奥さんは非常に危険な状態ですからね。いかなる理由があろうと、患者が苦しみだしたら出ていってもらいます。いいですね」厳しい口調で医師は念を押した。

「けっこう」

7

アラナは懸命に目を開けていようとした。まぶたが重く、頭がぼんやりしている。医師に投与された何かの薬のせいだ。

でも眠ってしまうのは、あまりに危険だった。どこかにダルコがいて、彼女をつかまえ、車のなかでしたことをやり遂げようとしているはずだから。

アラナは必死でドアに目を凝らしていた。今にもあのドアが開いて、夫が現れそうだ。ここで身を守るために使えるものといえば、自分の声しかない。叫ぶことならできる。だが眠ってしまっては、それすらできない。

さっき医師が危険はないと言ってくれたけれど、ダルコは簡単にあきらめるような人ではない。彼なら、警察や病院関係者に、アラナは頭がおかしくなったのだと言いくるめるだろう。彼はどんな手を使ってもわたしをつかまえるに決まっている。どんな手を使ってでも。

彼はわたしを殺したいと思っているのだ。わたしと赤ん坊を。

ドアノブがまわるのが見えた瞬間、アラナは心臓が飛びだすかと思った。悲鳴がもれそうになったとき、看護師が入ってきた。その後ろには、先ほど窓の向こうで医師と一緒にいた金髪の刑事の姿が見える。

アラナはほっとして、すすり泣くような声をもらした。

優しく面倒見のよさそうな看護師が、急いでベッドのそばに来た。

「この方がついていてくれますからね。別に話をしなくてもいいんですよ、ミセス・ダイヤモンド。目をつぶって眠ってください」

アラナは眉をひそめた。「今、わたしのことをなんて呼んだの？」

急に看護師の表情が曇った。「ああ、そうね、忘れていたわ」そしてとり乱した様子でハンサムな刑事を見た。

「大丈夫」彼は看護師に言った。「ただの間違いだ。気にしないで。ぼくにまかせて」

「いいのかしら？」看護師は不安そうだ。

「もちろん」

リースは病室から出る看護師を見送った。彼は心を決めていた。今のアラナには、はっきり言ったほうが効果がある。彼女は記憶の一部を失い、暴力的な元夫は死んで墓に埋葬されたと。元夫が殺しに来るかもしれないと、たえず思い悩んでいるより、ずっといい。

今看護師と一緒にリースが病室へ入ってきたとき、アラナの顔に激しい動揺が浮かんだのがはっきり見えた。

救急治療室の医師は患者に対して最善を尽くしているつもりだろうが、じっくり考えたわけではなさそうだ。どちらがいいだろう？　多少のショックと、苦悩に満ちた恐怖と。真実を告げれば、安心感を与えられる。安心感と安全を。

リースは病室のドアを閉め、ベッドわきの椅子に腰を下ろしてアラナの顔をじっと見た。血色が悪い。顔は青ざめ、怯《おび》えきっているように見える。

そこで急にリースはためらいを感じた。真実を告げて大丈夫なのか？　アラナはうまく受け止められるだろうか？

彼が結婚したアラナなら大丈夫だ。でも、ここにいるのはまったくの別人だ。それでも彼女には真実を知る必要がある。そうしなくては、さらに悲惨な事態になるかもしれない。

「気分はどう？」リースは優しく声をかけた。血の気がなく、顔のまわりの金髪はもつれているが、それでもアラナはとても美しく見えた。

「なんだか眠いわ。でも、何が起きたのか話してください。看護師さんが忘れていたと言ったのは、なんのことですか？」

「まず」リースは穏やかな口調で話しかけた。「きみに危険がないことは保証する。もうご主人がきみを傷つけることは決してない」

「あの人は……あの人はつかまったの？」かすれた声でアラナが尋ねた。その顔は怯えている。

リースは膝の上で拳《こぶし》を握りしめた。ろくでなしのダルコが死んでいなかったら、彼自身が殺してやりたいくらいだった。

「とにかく、彼はもうきみを煩わせたりしないよ」

「あなたがここにいるから？」アラナの顔にはまだ恐怖が浮かんでいる。「あなたはダルコのことをご存じないのよ。あの人は強くて、ずる賢いんだから。まだその辺にいるのなら、なんとしてでもやり遂げるわ」

「彼はいないよ、アラナ」ファーストネームで呼ばれて、アラナは驚いているようだ。しかたがない。それ以外に呼びようがないのだから。「ダルコは死んだ」

「死んだ……」アラナは小声でつぶやき、一瞬、妙にうつろな目になった。「死んだ」彼女は繰り返し、低くうめいて顔を両手で覆った。

その肩が震えている。

「あんな男に泣いてやる価値はないさ」

「彼のために泣いているわけじゃないの」アラナは指のすきまから声をもらした。「これでようやく安全になれたから、うれしくて」頬を流れる涙をぬぐい、顎の下で祈るように両手を合わせた。「わたしと赤ん坊が安全になれたから。危険を承知で車から飛びおりたの。あのとき、ダルコはものすごいスピードで車を走らせていたわ。電柱にぶつけて、みんなで死ぬんだって、彼が言ったの。赤ん坊は彼の子なのに、あの人は信じなかった。わたしが死ぬのはかまわないけど、赤ん坊を殺させるわけにはいかなかった」

リースの心臓が音をたてた。この大ばか者。赤ん坊のことをすっかり忘れていた。

赤ん坊はもういないと知ったら、アラナはどうするだろうか。きっと流産したのだろう。アラナと結婚したとき、子供はいなかったから。

だからこそ、アラナは赤ん坊をとても欲しがっていたのだ。

去年、自分と結婚した女性の謎《なぞ》がようやく解けた。完全に把握できたわけではないが、さまざまな事柄のつじつまが合ってきた。

リースは心配をつのらせながら、なおも見つめていた。アラナは気丈に涙をぬぐい、口元にどうにか笑みらしきものを浮かべた。

「お医者さまは、頭にこぶができているけど、ほかに問題はないとおっしゃってたわ。なんて幸運だったのかしら。わたし……」

そこでふとアラナは言葉を切った。緑色の目が探るように彼を見つめる。

「何か?」彼女は問いかけた。「何か問題でも?」

リースは返事に困った。医師の助言どおりだ。何も言うべきではなかったのに、下手なことを言って、深みにはまってしまった。

アラナの目からどんよりとした曇りが消え、鋭い視線がリースに向けられた。まじまじとその服装を見ている……とうてい刑事とは思えない服装を。それからアラナは彼の顔に視線を戻した。

「あなたは警察の人じゃないのね？」声に当惑と不安がにじむ。

「ああ、違う」

「それなら、あなたは誰なの？」

「ぼくの名前はリース・ダイヤモンド」

「ダイヤモンド」アラナはつぶやいた。「でも、さっき看護師さんが、わたしをその名前で呼んでいたわ」

「そうだよ。ミセス・ダイヤモンド」

「そんなのおかしいわ。わたしはミセス・マリノフスキよ。ダイヤモンドじゃないわ」

「以前はマリノフスキと結婚していた。だけど、もう違うんだ」

「ど……どういうことかしら」

「きみは今朝、交通事故に遭った。その事故は、きみが思っている事故とは違うんだ。今回は、きみは車から飛びおりたりしなかった。ぼくたちの車に別の車がぶつかってきたんだ」

「ぼくたち？　それはつまり……あなたとわたしという意味？」

「ああ」

「でも、そんなはずないわ。わたしはあなたと車に乗ったことなんかないもの。あなたのことは知りもしないのに」

ああ、なんてつらいんだ。

「今はわからないかもしれないが、きみはぼくと車に乗っていたし、これからも乗るんだ」リースは心からそう願っていた。「きみは一種の記憶喪失になっている。頭を打ったせいで、一時的にここ数年の記憶が失われてしまったんだ」

アラナは驚きの目をみはった。

「ショックだろうね、アラナ。もっとやんわりと言えなくて、すまない。きみは今、自分が何歳だと思っている？」

「二十五歳よ」アラナは言ってから、急に確信が持てなくなったようだ。「そうよね？」

「いや。きみは三十歳だ。そして、もうミセス・マリノフスキじゃない。最初の夫は死んだんだ。数年前に交通事故で」

「最初の夫？」

「そう。再婚したんだよ。去年。今はミセス・ダイヤモンドだ。ぼくが夫だよ、アラナ」

アラナは目をしばたたき、じっと見つめている。その顔には彼を思い出した様子も何も浮かんでいない。ただ、ショックを受けているのがわかるだけだ。そして彼の話を信じまいとしている。

今まで何度か人生のどん底を味わってきたリースも、これは最悪の事態だと言わざるをえなかった。

もしもアラナが二度と思い出してくれなかったらどうすればいいんだ？　恐ろしい思いが頭をよぎる。彼女がぼくを気に入ってくれなかったら？　離婚を希望したら？

「まさか」動揺したアラナが首を振った。「仮にダルコが死んだという話を信じるにしても……わたしが再婚するはずないわ。絶対に！」

その断固とした悲痛な口調からして、以前の結婚生活は地獄の日々だったに違いない。

「再婚なんてしないわ。できるはずがないもの。わたし……」

ぞっとする思いが頭に浮かんだのか、アラナは急に口をつぐんだ。

「わたしの赤ちゃん！」次の瞬間、彼女は叫んでいた。「赤ちゃんは大丈夫なの？」

リースは押し殺したうめき声をもらした。こんな知らせを伝えるのはあまりにもつらい。

だが、ほかに誰が伝えてくれるというんだ。

「ぼくにはわからない」重苦しい悲しみでリースは胸が張り裂けんばかりだった。「きみが赤ん坊の話をしたことはなかったから。以前のカルテを探すか、記憶が戻るまでは、車から飛びおりたときに流産してしまったと考えるしかなさそうだ」

アラナは傷ついた動物のような声をあげた。本能的な悲しみの叫びが病室に響きわたり、リースの胸を引き裂いた。彼はアラナの肩を抱いて慰めてやりたかった。だがリースが触れると、アラナはびくっと身を引いた。もだえながら体を胎児のように小さく丸め、そんなはずはないと悲痛に繰り返し、泣きじゃくっている。

あわてて病室に駆けつけてきた看護師がリースをにらみ、患者に近づいた。

「動揺させたらだめでしょう。あなたは出ていってください」

「なんと言われようと、ぼくは彼女の夫だ。ここにいる！」

「いや、だめだ」男性の声が聞こえ、声の主がドアから入ってきた。

引きしまった顔、鋭く青い目、長めの褐色の髪をした三十五歳くらいの男性で、ストーンウォッシュのジーンズと濃紺のシャツ、黒い革のジャケットを身につけている。

「ドクター・ベッカム。精神科の医師だ」彼は名乗った。「きみ、患者についていてくれ」看護師に指示してから、医師はリースを指さした。「ご主人！　こちらへ」

反射的にリースは、こんな無礼な命令に従ってなるものかと思った。だがそのとき、いい人間になると必死で神に誓ったことを思い出した。

リースは、精神科医とともにしぶしぶ病室の外に出た。廊下に出るなり、リースは向きを変えて立ち止まった。

「妻のそばにいてはだめだと言われるのは、もううんざりなんだ。なんと言われようと、ぼくは家に帰るつもりはない。絶対に！」

精神科医は皮肉っぽい笑みを浮かべた。「奥さんを心から気づかうご主人。実にうるわしい。詳しい話を聞かせていただければ、奥さんのそばに戻ってもかまいませんよ。まあ、あまり心配なさらずに。看護師が鎮静剤を投与したので、もうじき患者は眠るはずだ。さあ、話していただきましょう!」

8

ゆっくり眠りから覚めたアラナは、何度かまばたきを繰り返した。のろのろと脳が働きだして、自分がどこにいるのか、なぜいるのか、ようやくわかってきた。

「交通事故に遭って記憶をなくしたんだった」アラナは震える声で自分に言い聞かせた。手を伸ばし、頭のこぶに触れてみる。

大きい。触れると痛む。

でもなぜか頭痛はしなかった。

「ダルコが死んだ」アラナはつぶやき、信じられない思いで首を振った。

悲しいことに、赤ん坊も死んだ。大切ないとしいわが子が。

それは五年前のことだという。けれど喪失感の鋭い痛みは生々しく、アラナにはきのうのことのように思えた。涙がこぼれそうになったとき、目の隅にジーンズをはいた脚が見えた。

「あら」彼女は右のほうを向いた。

男性が椅子に体をあずけてぐっすり眠っている。アラナは涙を押し戻した。だが鼓動は速まったまま静まらない。

リース・ダイヤモンド。自分の夫。二番目の夫。

そんなはずはない。即座にアラナは否定した。絶対に嘘《うそ》よ！

でも、彼が嘘をつく理由も考えられない。

アラナはもう一度、彼を見つめた。信じられないくらいハンサムで、モデルか映画スターのような整った顔立ちをしている。淡い金髪にはウエーブがかかり、ちょっと前髪が伸びている。瞳はたしか青で、はっとするほど美しかった。体つきもすばらしい。広い肩。長い脚。贅肉《ぜいにく》は少しもない。

彼に恋する女性は多いだろう。とてもセクシーで典型的な美男子だもの。

でも、わたしは違う。

ダルコとの経験で、アラナは二度と恋をすることはないとわかっていた。結婚も。

ただし……。

胸がきゅっと痛む。つまり、そういうことなの？　赤ん坊が欲しいという理由で再婚したの？

その答えもノーだ。自分の人生をふたたび男性の手にゆだねる危険を冒すはずがない。

そんなことは考えられない。どんなに子供が欲しくても、別の道を探しただろう。人工授精とか。友達に精子を提供してもらうとか。

そう考えたところで、アラナはこわばった笑みを浮かべた。友達？ 自分には友達などいない。

少なくとも五年前、ミセス・ダルコ・マリノフスキだったころは。

五年間にいったい何があったのだろう。五年もたてば、人がすっかり変わることもあるのでは？

アラナは、肘掛け椅子で眠るこの男性と結婚した自分の姿を思い描こうとした。とても魅力的な男性だけれど、彼の傍らで眠るところは想像できない。でも妻ならベッドをともにするはず。

わたしは楽しんだのかしら？

そこまで考えて、胃がひっくり返りそうになった。セックスを楽しんだころもあったけれど、ダルコによって変えられてしまった。

それでも、また男性の体に喜びを感じられるようになったのだろうか？

もしかしたら、愛のために結婚したの？

やはり、そんなことは考えられない。

アラナは、これ以上の愛はないと思うほどダルコに愛され、彼のものになった。だが、その愛はまやかしだった。愚かなアラナは、彼女に対する執着と次々に贈られるプレゼントを真実の愛と間違えていたのだ。病的な執念深さを知らなかったせいで、危険信号を察知できなかった。結婚初夜までセックスはしないと言い張るダルコを、とてもロマンティストだと思った。彼が、バージンでなかった彼女を嫌悪し、セックスを楽しむ彼女に危機感をいだくとは思ってもいなかった。

ハネムーンも終わらないうちから、結婚生活はひどく間違った方向へ進みだした。そのころには、アラナは抜けだせなくなっていた。愛で身動きがとれなくなっていた。だが、アラナをダルコに結びつけていたものは愛ではなかった。恐怖心だったのだ。

そんなはずはない。彼女は苦々しげに決めつけた。この男性と結婚したのが愛のためとは思えない。

だったら、どうしてミセス・ダイヤモンドになったの？

答えはまったくわからなかった。

彼を見つめていても、懐かしい気持ちは浮かんでこない。何もひらめかない。

「リース」ただ名前を口に出してみたくて、アラナは彼を起こさないようそっとつぶやいた。

すぐさまリースが目を覚ました。顔を上げ、両手で肘掛けを握りながら、大きく目を開けて彼女を見つめた。

「大丈夫かい?」きいておいてから、彼は自分に腹を立てた。「ばかな質問だ。大丈夫なわけがないのに。看護師を呼んでこよう」リースはさっと立ちあがり、ドアに向かった。

「いや! 看護師はいらないわ!」アラナの叫び声に、リースは足を止めた。「もう少し待って」彼女は口調をやわらげてつけ加えた。

「いいのかい?」

「ええ」答えながらアラナは驚いていた。自分に迷いがなかったから。

二十五歳のアラナは何に対しても自信が持てなかった。打ちひしがれ、意志薄弱だった。その声にこめられた自分のものとは思えない断固とした響きは、三十歳のアラナのものに違いない。聞き覚えはないけれど。

「何か記憶が戻ったのかい?」不安そうにリースが尋ねた。

「残念だけど違うわ。でも気分が少し落ち着いて、自分が今までと変わっている感じがするの。つまり……五年前、夫の車から飛びおりた自暴自棄の人間とは違うって」

「それはよかった」リースはうなずいた。「さて、医者を呼んでこなくては。目が覚めたら呼んでくれと言われているんだ」

「医者って?」

「ドクター・ベッカム。この病院の精神科医だ。いい人だよ。記憶喪失の検査のために、ドクター・ジェンキンスという神経科の医師の手配もしてある。でも彼はスキー場にいるから、戻ってくるまでしばらくかかるらしい」

アラナは悲しそうに首を振った。「精神科医に神経科医。わたしは、きっとひどい状態なんでしょうね」

「なかなかすてきに見えるよ。もっとも、いつだってきみはすてきだけど」

褒められたことに驚き、アラナは目をしばたたいた。それに対する自分の反応にも驚いた。全身が熱くなり、肌がぞくぞくする。彼女はほんのり頬を赤らめた。

頭はリース・ダイヤモンドを覚えていなくても、体は覚えているようだ。彼に対する肉体的反応になんとなく安心し、いろいろ知りたい気持ちがわいてきた。

「ききたいことがあるんだけど」

「なんなりと」

「お願い、座ってもらえないかしら。あなた、今にも出ていきそうなんですもの」

リースが笑うと、アラナは目を見開いた。その笑顔に見覚えがあった。

「何か思い出したんだね?」すぐさまリースは気づいた。

「ええ。いいえ。よくわからないんだけど。あなたの笑顔が……」

「きみはこの笑顔が好きだといつも言っていた。ぼくのユーモアのセンスも」

あのダルコのあとでは、ユーモアのセンスはとても魅力的に感じられたことだろうとアラナは思った。でもそれは、心のなかの肝心な質問の答えにはならない。記憶をとり戻すまでは、目の前にいるこの男性しか答えを知らないのだ。

「どうしても教えてもらわなくちゃいけないの」アラナは緊張した面持ちで尋ねた。「重要なことなのよ。どうしても知りたいの」

「何を?」

「わたしたちがなぜ結婚したか。つまり……わたしが再婚したなんて、どうしても信じられなくて。でも、あなたと結婚しているんでしょう。だから理由が知りたいの……なぜ結婚したか」

リースはじっと見つめた。その青い目に、いかにも言いにくそうな気持ちが表れていた。

「わたしの記憶がないからといって、気をつかわないでちょうだい。嘘は聞きたくないわ。愛なんていう無意味な言葉はいらない。ダルコは結婚していたあいだずっと、わたしを愛していると言いながら、愛とはかけ離れた仕打ちをしたんだもの。どうしてわたしたちは結婚したの?　愛しあっていたからではないでしょう?」

リースはやりきれない思いで髪をかきあげた。なんと言えばいいんだ?

本当のことを言うまでだ。でも、もはや本当のことは真実ではなくなった。少なくともリースにとっては。彼は今ではアラナを愛していた。なんてことだ。彼女を愛するあまり、胸が張り裂けそうだ。

しかし、アラナは愛という言葉は聞きたくないという。精神的な結びつきではなく、頭で考えて結婚したと言ってほしいのだ。明らかに彼女は愛を恐れている。愛を信じられず、人を愛することができなくなっているのだ。

リースはベッドの端に座り、ついこの前までは真実だったことを話した。

アラナは何も言わずに耳を傾けていた。伴侶《はんりょ》と子供を得るための便宜上の結婚だったと聞いて、彼女は顔をしかめた。アラナの最初の結婚についてはほとんど知らず、夫の名前さえ知らなかったとリースが言うと、彼女は無意識のうちに当惑した顔になっていた。

「愛のない結婚をしようとした理由を、わたしは少しくらい説明したでしょう？」

「最初の夫を愛していたから、彼の死後は誰も愛することができなくなったんだと、ぼくは思いこんでいた。ぼくも同じような経験をしたから、きみに理由をきかなかったんだ」

「同じような経験？」アラナは驚いた表情をした。

リースはクリスティンの話をしたが、やはり別れた日の出来事については触れなかった。今それを話してもしかたがない気がしたのだ。話を終えるころには、彼は落ちこんだ気分になっていた。アラナが愛を拒む本当の理由を知って、なんともやりきれなかった。彼女の人を愛する能力は、癒《いや》しがたい傷を負っている。たとえ記憶が戻ったとしても、アラナの心が彼のものになることはないのだ。

ふいにリースは耐えきれなくなった。疲れがどっと押し寄せ、体じゅうが痛い。

「つらそうね」

アラナの声に気づかいを感じて、リースはいらだちをおぼえた。気づかいなんかいらない。ぼくが欲しいのは彼女の愛と情熱だ！

「少し体が痛いし、なんだか疲れた」彼はそっけなく言った。「熱い風呂につかって痛み止めをのめば治るさ。さて、医者を呼んでこよう。ぼくは家に帰るとするか。明日の朝いちばんに来るよ」うまくいけば、そのころにはアラナの記憶が戻っているかもしれない。

「母はどうしてる？」突然、彼女が尋ねた。

「お母さん？」意外な質問だった。

「まだ……生きているのかしら？」

リースは心底驚いた。六十代後半の彼の母親と違って、アラナの母親はまだ五十一歳だ。母親がもう生きていないかもしれないと考えるなんて、妙じゃないか。

「元気だよ。ぴんぴんしている。つい最近、婚約して、再婚する予定だよ」

アラナは緑色の目を見開いた。「冗談でしょう？　相手は？」

「ボブだよ。セスノックの高校で数学を教えている。二人はこのところデートしていたんだ」

「まあ。本当に信じられない」

「きみは今夜電話をかけることになっていた。代わりにぼくから事故のことを説明しようか?」

「わたしと母は定期的に電話で話しているの?」疑わしげな口ぶりだ。

「いつもね」

「ますます信じられないわ」

「電話して、シドニーに来てもらおう」

アラナの顔に衝撃を受けた表情が浮かんだ。「いいえ、だめ、お願い。そんなことしないで。今は会いたくないの。わたし……しばらくひとりになって、思い出すように努力してみるわ」

「でも、きみが来てほしくないと言ったら、お母さんは傷つくかもしれないよ」

「まさか」とげのある口調になった。

「きみはまだ過去に生きているんだ」リースはきっぱりと言った。彼はアラナの母親のジュディが好きで、わざとではないにしろアラナが母親を傷つけるところは見たくなかった。

「以前、お母さんとのあいだにあったことは、今ではすべて解決した。きみたちはとても仲がいい。お母さんは、困っているきみのそばにいたいと思うはずだ」

アラナはもう一度首を振った。「あなたがそう言うからには、そうなんでしょうね。でも、とにかく今は会いたくないの。絶対に!」彼女は譲らなかった。

リースは天を仰いだ。「わかったよ。お母さんには説明しておこう。じゃあ、医者を呼んでくる」

「そして家に帰らなきゃだめよ。ひどく疲れているみたいだもの」

彼女が心配してそんなことを言ってくれるとは夢にも思っていなかったので、リースは思わず笑顔を見せた。「まさに妻らしいアドバイスだね」

アラナは彼女らしい小さな笑みを浮かべた。「そうでしょう?」

二人の視線がからまる。アラナは不安げな表情で彼を見つめた。

「わたしはいい妻なのかしら?」その声には痛ましいほど期待がこもっていた。

「最高の妻だよ」熱い塊が喉をふさいだ。

アラナは首を振った。「信じられないわ。何もかも信じられない」

「信じるんだ」感情を抑えてリースは言った。

アラナはしばらく彼を見つめ、ゆっくりとうなずいた。「あなたのような人が夫なら、いい妻でいるのは難しくないでしょうね。あなたはとても忍耐強いもの。それにとても優しいわ」

リースは吹きだしそうになるのをこらえた。本当の自分は忍耐強さとはほど遠い人間だ。優しさに関しては……。人は彼を親切で寛大だと言うが、裕福な成功者にとって、それは表面的な長所にすぎない。金をばらまきさえすれば得られるものだ。

アラナの記憶回復とひきかえに、さらに誓いを立てようとリースは決心した。事故に遭う前のアラナに戻ったら、ベッドのなかで愛情を伝えよう。ベッドの外でも。

何もしないよりはましだ。だけど、アラナが思い出してくれなかったら。ふたたび彼女と愛を交わすどころか、触れることさえできないのだ。そう思うとぞっとする。ろくでなしの元夫とアラナの結婚生活についてすべてわかったわけではないが、すばらしい日々でなかったことはたしかだ。

ダルコ・マリノフスキはアラナの心を傷つけた。セックスに関する傷も負わせた。結婚当初、アラナがなぜあんな態度をとっていたのか、ようやくわかった。彼女は官能的な姿を見せるのが怖かったのだ。本当は情熱的で感じやすい女性なのに。

精神科医と話すことは、アラナにとっていい効果をもたらすだろう。

「ドクター・ベッカムを呼んでくるよ」リースはきっぱりと言って病室から出ていった。

9

事故から三日たった水曜日。

「気持ちのいい日ね」アラナが言った。

気持ちがいいのは天候だけだ。リースは悲しい気分になり、助手席の彼女をちらりと見た。天気以外は、すばらしいとはとうてい思えない。

アラナを家に連れて帰ることになったが、ここ五年間の記憶は少しも戻っていなかった。身体的にはどこも問題なく、側頭部のこぶも治った。軽い脳震盪《のうしんとう》を起こしていたが、きのう受けた脳のスキャンでは、後遺症はないようだ。

ドクター・ジェンキンスも、ドクター・ベッカムも、記憶喪失は精神的なものだと結論を出した。今回の交通事故により、心と体の傷を負った過去の事故に一時的に引き戻され、防御本能で、それ以降の記憶を脳が締めだしているのだと。リースにはこじつけとしか思えなかった。ここ五年間の記憶より、最初の二十五年間の記憶を締めだすほうが、ずっと理にかなっているはずだ。

医師は二人とも、じきに彼女の記憶は戻ると考えている。家に帰って自分のものに囲まれて過ごしているうちに治ると。

リースもそれを願っている。自分を覚えていない妻と暮らすのは、楽なことではない。アラナにひとりきりの空間とプライバシーを与えるため、しばらくは別の部屋で寝ようと彼は決めていた。

アラナの最初の夫が何をしたかは、日曜の夜、アラナの母親に電話できいた。

ダルコ・マリノフスキは海外からの亡命者で、両親を祖国で虐殺されたことが彼の性格の変化に大きく影響していた。背が高く、ハンサムな顔立ちで、浅黒く魅力的な外見。シドニー大学の夜間部で工学を学びながら、生活のためにタクシー運転手をしていてアラナと出会い、恋に落ちたようだ。

熱心に彼女を口説き、ちょっとした贈り物や詩で彼女の心をくすぐり、お姫さまのように扱ったらしい。アラナは、父親とまるで違うダルコの態度に惹《ひ》かれたのだろう。

母親のジュディによれば、アラナの父親はひどい男で、家族をまったく顧みなかったという。なぜ父と別れないのか、アラナには理解できず、ひどい仕打ちに我慢している母親を見ていられなくて、彼女は親と距離を置くようになった。ダルコが死に、赤ん坊を流産して混乱状態の彼女がセスノックの実家に戻ったとき、ようやく母娘《おやこ》は和解に至った。自分にひどい仕打ちをする、もはや愛してもいない男と一緒に暮らす女の気持ちが、アラナにもようやくわかるようになっていたのだ。

ジュディの話では、ダルコは非常に独占欲が強く、嫉妬《しっと》深い夫で、アラナの行動をいちいち尋ね、尾行し、彼女がひとりでどこかへ行こうとすると大騒ぎをして、アラナの人生をめちゃくちゃにしたようだ。抵抗する彼女を、週末のあいだずっと椅子に縛りつけたこともあったという。

それを聞いてリースはぞっとした。アラナに縛って楽しもうと話したときのことを思い出し、血の気が引いた。彼女が即座に否定したのも無理はない。リースは二度とその話題は持ちだすまいと心に誓った。忌まわしい最初の夫を思い出させるようなことをしてはならない。

〝ダルコは精神的に病んでいたの〟ジュディは言った。〝でも肉体的には強くて、アラナは彼が恐ろしいと言っていたわ。妊娠したとき、アラナはきっとダルコに喜んでもらえると思ったのに、彼は浮気をしたんだろうとアラナを責めたの。ほかの男の子供だと決めつけたのよ。アラナとおなかの子と一緒に死んでやるという彼の脅しは本気だった。脅しだけでなく、彼はなんでもやり遂げる男だった。だからアラナは最後の望みをかけて、赤ん坊を救うために車から飛びおりたの〟

その話を思い出し、リースはさりげなく横目でアラナを見た。彼女が車を怖がっていないか確かめようと。今の彼女にとっては、五年前の事故以来、初めて車に乗るようなものだ。

今朝、病院の駐車場で、アラナはBMWに乗るのをためらい、こんな高級車に乗っているのねと驚いていた。リースが、これはレンタカーでふだんはメルセデスに乗っていると言うと、彼女はふたたび驚き顔になった。

リースの職業や収入について話していなかったので、アラナが驚くのも当然だ。そして、彼女が怖がるかもしれないとは考えてもいなかった。

アラナは今、膝の上で手を握り、じっと座っている。顔が青白いのは、化粧をしていないせいかもしれない。ジーンズとクリーム色のセーターは事故のあった日曜日に着ていたものだが、下着はリースが新しいのを買ってきた。ピンクのおそろいのブラジャーとショーツを。アラナは眉をひそめ、布地を節約しすぎだと文句を言った。

布地が少なく、セクシーな下着。

ピンクのブラジャーとショーツだけで隣に座っているアラナの姿が脳裏に浮かび、リースは自分を叱《しか》りつけた。

そんなことは考えるな。今は彼女と愛を交わす可能性はないのだから。彼はキスさえするつもりもなかった。

しかし、イメージは脳裏にこびりついて離れない。そこから生まれた欲望も。

リースはため息をついた。人生はまったく予想もしていない厄介な展開になってきた。

いらだたしげなため息を聞いて、アラナはリースを見た。

気の毒に。わたしなんかと結婚したせいね。

でも、この目で見るかぎり、彼は気の毒とはほど遠い存在だ。

今日着ている灰色のスーツは、どう見てもデザイナーブランドで、青いシャツが彼の青い目をいちだんと引き立てている。そして、金色のネクタイに合わせたかのような金のロレックスの腕時計。

高級車を乗りまわし、プリンスのような服を着たリース・ダイヤモンド。

きっと、わたしはお金のために結婚したのだ。

便宜上の結婚をした理由はそれだろうか？　この五年間で欲深い女になってしまったの？

ダルコ・マリノフスキの妻だったころは、金銭的余裕はまったくなかった。ダルコは結婚すると大学をやめてしまった。タクシー運転手としてもっと金を稼ぐと言って。だがそれは、彼女を尾行する時間を増やすためだったのかもしれない。アラナはサービス業の学位を持っていたので、ホテルで働いていたが、結婚一年目には給料をすべて渡すようダルコに要求された。

怯《おび》えていたとはいえ、少し抵抗しただけで従った自分は、なんとも愚かだった。やがて、彼に言われるままに仕事をやめ、〝よき妻〟として家にいることにしたころには、ノイローゼになりかけていた。

「もうすぐ家に着くよ」

リースの言葉で、記憶をたどるアラナの旅は中断された。彼女にとって、記憶はまさに細い道のようだった。

「わたしたち、バルメインに住んでいるの？」標識を見てアラナは尋ねた。少なくとも、シドニーの地理的な記憶はあるようだ。

「イースト・バルメインの海に面した家だよ」

シドニー西部の高級住宅地。

きっとふつうの家ではないだろう。ダルコと暮らしていた、二部屋だけの石綿セメント造りの小さな家とは、似ても似つかないに違いない。そう考えているうちに、車は舗装された広い私道に入り、黒塗りの高い防犯ゲートの前で止まった。

ゲートがゆっくり開いたとき、アラナの目に飛びこんできたのは、ただの家ではなかった。豪邸と呼ぶほうがふさわしい、白いコンクリート造りの大きな建物だ。片側にガレージが三つ、前庭にみごとな噴水がある立派な二階建ての屋敷は、億万長者のステータスを物語っている。

「あなたがこれほどお金持ちだなんて」

「ずっと金持ちだったわけじゃないさ」リースはさりげなく答えた。「それに、これからだってわからない。不動産業界は浮き沈みが激しいからね」

「家を売っているの？」車がゲートを抜け、坂を下ってガレージに近づくと、自動的に扉が開いた。

「以前はね。今は不動産開発をしている。土地を買って建物を建てるんだ。最近は戸建て住宅より大きなビルが多い。たいていはアパートメントだ。リゾートや老人ホームにも手を出しているけど」

「その年齢でこれほど大成功するなんて、ずいぶん働いたんでしょうね。だって……まだ若そうだもの。三十五歳くらい？」

「三十六歳、もうすぐ三十七になる。たしかにずいぶん働いたよ。そういえば、今日もオフィスに行かなければならないんだ。急ぎの仕事があって。かまわないかな？　きみも、ひとりきりの時間があったほうがいいかもしれない。もちろん、まず家のなかを案内するよ。どこに何があるかわからないだろうから」

「いいえ、どうか気にしないで」アラナはすばやく言った。「ドクター・ジェンキンスが、自然に思い出すかどうか、なんでも試してみろって言っていたもの」

「自分の車を覚えてる？」リースは、近くに止めてある銀色のレクサスを示した。

スポーツカータイプのしゃれたセダンを見て、アラナは首を振った。「いいえ、覚えてないわ」

「きみのバッグのポケットに鍵《かぎ》が入っている。足元にバッグがあるだろう」

アラナは茶色い革のバッグをとりあげた。高級なハンドバッグだ。わきのポケットに、おしゃれな携帯電話と車のキーが入っていた。病院でなかを調べたところ、香水はプレジャーズを使い、ミントの香りが大好きなようだとわかった。財布に現金はあまりない。代わりに、二枚のクレジットカードと、驚くほどさまざまなカードが入っている。

「わたしは働きに出ているの？」アラナは夫に尋ねた。

リースが振り向いた。「働いていると思う？」

「いいえ。思わないわ」

「出会ったとき、きみはリージェンシー・ホテルで広報の仕事をしていた。結婚を機にやめたが」

「つまり、わたしは金持ちのぐうたら主婦なのね」自分を責めるような口調に、アラナはわれながら驚いた。けれど実際、お金のために結婚するのがいいことだとは思えない。

「とんでもない」リースはぴしゃりと言った。「きみは妻をキャリアにしているんだ。しかも完璧《かんぺき》にこなしている」

妻をキャリアに……。

妻という仕事について考えながら、アラナはリースのあとについてガレージの奥のドアから広い廊下を進み、さらに広い玄関ホールに入った。

床はすべて灰色の大理石でできていた。これだけの屋敷を管理するのは並大抵のことではなさそうだ。床磨きだけでも、ひと仕事だろう。

そのとき、清掃員を雇っているに違いないと思いあたった。金持ちのぐうたら主婦なら、当然そうするはずだ。

「廊下の左にあったドアは開けなかったけど」リースが言った。「なかはなんだと思う?」

「見当もつかないわ」

「使用人の部屋と、洗濯室だ」

アラナはまじまじと夫を見た。「住み込みのお手伝いさんがいるの?」

「いや、いないよ。きみがいらないと言ったんだ。週二回、掃除と洗濯に来てくれる女性がいる。パーティを開くときはケータリング業者に頼むこともあるが、大きいパーティのときだけだ。小さいパーティのときは、きみが自分で料理をする」

「わたしにもすることがあって、ありがたいわ!」

「きみにはたくさんの仕事があるよ、アラナ。ぼくの仕事や社交上のつきあいはとても大変なんだ。きみが有能な補佐役になってくれている」

妻というよりは、まるで個人秘書ね。わたしは彼と一緒に寝ているのかしら。いいえ、きいてみるつもりはない。この……見知らぬ男性とベッドをともにすると考えただけで、アラナはどぎまぎした。

たしかにリースはとてもハンサムだけれど、彼とのセックスを楽しんでいたとは思えない。リースだろうと、ほかの男性だろうと、自分がそんなことをするはずはない。

「何か見覚えはないかい？」リースが尋ねた。

アラナは玄関ホールのまんなかに立ち、周囲を見まわした。左右に二つ階段があって、上の階に続いている。たぶん寝室があるのだろう。正面には段差があり、その先に広々としたテラスに出られる大きな居間が見える。

テラスの向こうの少し下ったところには、楕円《だえん》形の美しいプールとジェットバスがあった。そこから芝生と庭が広がり、海辺まで続いている。はるか右手にはハーバー・ブリッジがあり、海の向こうにはシドニーの北部郊外が見え、こちら側と同じようにたくさんのアパートメントが立ち並んでいる。

大理石の床、イタリア製の革張りソファ、真っ白な壁にかかるみごとな芸術作品。何もかもがすばらしい。頭上のアーチ型天井には、大邸宅でなければそぐわないシャンデリアが下がっていた。

しかし、どれひとつとして見覚えがあるような感じはしなかった。ただ、質問している男性の笑顔は覚えている。

覚えていたわけではなく、新たに魅力を感じたのかもしれない。今のアラナにとっては、笑みを浮かべた男性を見るのは久しぶりだったから。

「あの先には何があると思う？」リースは右手の階段の奥に続く廊下を指さした。

「ごめんなさい。全然わからないわ」

「ぼくの書斎とゲスト用の翼棟がある。じゃあ、あそこの二つのドアは？」リースはホールの両側の階段下にひとつずつあるドアを示した。

「化粧室とコート用のクロゼット？」

「両方とも化粧室だ。ひとつは男性客用。もうひとつは女性客用」

「まあ」

男性用と女性用の化粧室。当然のように二つあるとは。アラナの気持ちは沈んだ。わたしはただお金のために結婚したのではない。大金が目的で結婚したのだ。

突然、疲労が押し寄せてきた。体の疲れだけでなく、精神的な疲労が大きいようだ。

「仕事に行ったほうがいいんじゃない？」アラナは言ってみた。「わたしならひとりで大丈夫よ」

「本当に大丈夫かい？」

「ええ。実は疲れてきたから、しばらく横になるわ。わたし……ああ、いやだ」アラナはうめいた。

「何？　どうした？　何か思い出したのか？」

「あなたがくれたすてきな花を、病院に忘れてきてしまったわ」色とりどりのオーストラリア原産の花を生けた大きな花かごは、もうしばらく楽しめそうだった。

リースが優しくほほ笑んだ。「心配ないさ。また買ってくるよ」

「あら、そんなことしないで」

「いや、それがぼくの仕事だから。妻を幸せにするのが」リースがきっぱりと言った。

「きみがぼくを幸せにしてくれるように」

アラナは彼を見つめた。「わたしたち、一緒にいて本当に幸せなの？」

「ああ」

「ベッドのなかでも？」勇気を振りしぼって彼女は尋ねた。

「もちろんベッドでも」

アラナは大きく息を吸った。自分が男性とベッドをともにしてふたたび喜びを味わえるとは、どうしても考えられない。

そこで思い直した。ダルコのせいで恐怖しか感じられない抜け殻になってしまったころから、五年が過ぎている。そのあいだに不自然な状態から立ち直り、かつての自分に戻ったのかもしれない。年上の男性から肉体的喜びを教わった十九歳のころのわたしに。初めてクライマックスを迎えて震えたころのわたしに。愛などなくても、男性と結ばれる喜びを感じたころのわたしに。

リース・ダイヤモンドと結婚したのは、お金のためではなく、もっと根源的な理由からかもしれない。

セックスのため。

そう考えて、アラナはぎょっとした。お金もセックスも、結婚の理由としてふさわしくない。

その両方のために結婚したのでは？　心の奥で意地悪な声が聞こえた。お金とセックスアピール。両方とも彼にはたっぷりある。

「何を考えているんだい？」リースが近づいてきた。心配そうな表情をしている。

アラナはまばたきし、大きく息を吸った。「わたし……あなたが話してくれた結婚紹介所にどうして行ったのかしら。最初の結婚を考えると、妻をキャリアにすることを選ぶなんて、自分らしくない気がするわ」

「なるほど。お母さんなら何か手がかりをくれるんじゃないかな。電話できいてみたら？」

「いやよ」アラナはすぐさま言った。「母とは話したくないの」

「じゃあ、ナタリーと話をしてみるといいかもしれない。ナタリー・フェアレーン」アラナがぽかんとしているのを見て、リースは説明した。「結婚紹介所〈求む、妻〉の経営者だよ。きみに説明してくれと、電話で頼もうか？　まあ、今日はやめておいたほうがいいけど。きみは疲れているから、客の相手ができる状態じゃないだろう。明日にでも来てもらえないか、きいてみるよ。きみがどんな人だったか、紹介所に行ったとき何を求めていたか、ナタリーになんでもきくといい。きっと詳細な面談をしたはずだ。それに、彼女と話をすることで、記憶がよみがえるかもしれない」

「そうね。いい考えだわ」とは言ったものの、現在の自分を知って喜べるかどうかアラナには確信がなかった。何かを手に入れるために再婚した欲深い女だと思い知らされたら、どうしよう。ベッドで二人は幸せだったとリースは言うけれど、楽しい暮らしとひきかえに演技をしていただけだとしたら？

「会社に行ったらすぐ、ナタリーに電話するよ」

「ありがとう」

「どういたしまして」答えたリースは例のすばらしい笑顔を見せた。

彼が成功者なのは当然だ。この笑顔があるのだから。彼のためならなんでもしたくなってしまう。

だめ、そんなことを考えては。アラナは身震いした。

だけど、どうしようもない。アラナが見た夫はとても魅力的で、とてもセクシーだった。それでも、ベッドをともにしたいとは思わない。彼は？　彼はそれを望んでいるかもしれないと思うと動揺し、胃がよじれそうになる。

「出かける前にもうひとついいかしら」アラナは思わず口にした。

「何？」

「寝る場所についてなんだけど」アラナは恥ずかしさに頬を赤らめた。「つまり……わたし……今夜はあまり……」

「わかっているよ、アラナ」リースは理解を見せたものの、その口ぶりは残念そうだった。「ぼくのものはもう別の部屋に移した。きみの記憶が戻るまで、ゆっくり待とう」

「でも……もし戻らなかったら？」

リースは断固とした表情になった。「じきに記憶が戻ると医者が言ったじゃないか」

「いつ戻るの？　明日？　来年？　十年後？」彼のような男性が、法律上の妻とベッドもともにせず何年も待っていてくれるとは思えない。ダルコなら、一日たりとも我慢できなかっただろう。彼はアラナが拒んでも、結婚した以上レイプにはならないと言って強要した。妻は夫の所有物だからと。ダルコは意のままに彼女を従わせた。

「すぐに戻るさ」リースが明るく言う。「では、行ってくるよ。なんでもいい、きちんと食事をするんだ。キッチンに食べ物はいろいろあるから」

アラナの顔がほころんだ。本当に思いやりのある人だ。ダルコとは大違い。リース・ダイヤモンドと結婚した理由がなんであれ、いい選択をしたことは間違いない。

「大丈夫よ」アラナは無意識のうちに軽く彼の腕に触れていた。「わたしのことは心配しないで」

リースは彼女の手を見下ろし、それから顔を見た。一瞬、たしかに彼の目に苦悩が見えた。だが、リースはほほ笑み、彼女の手を軽くたたいた。

「きみはいつもそう言っている」

「わたしが?」

「ああ。きみは自立した女性だからね」

「本当に?」自立という言葉にアラナは驚いた。

「ぼくを信用してくれ」

彼を信用する……。

アラナは、残念ながら自分が男性を信用できるとは思えなかった。

でも信用していたのだ。そして不思議にも、それは正しいことに思えた。

「ごめんなさい」アラナは彼の腕にかけた手を引っこめた。

リースが眉をひそめた。「何が?」

あなたを忘れてしまったこと。

「こんな問題にあなたを巻きこんでしまって。夫を覚えていない妻なんて厄介でしょう」

リースは笑ったが、陽気な笑い声とは言えなかった。「そうかもしれないね」

「今日は何時ごろ帰ってくるの?」

リースは腕時計を見た。「もう十一時か。たぶん六時までは戻れないな」

「夕食を作っておきましょうか？　あの……いつもわたしはそうしていたのかしら？」

「たいていはね。外食することも多いけど。今日は何か買って帰るよ。きみは疲れているだろう。何がいい？　中国料理、タイ料理、イタリアン？」

アラナは引きつった笑いを浮かべた。「あなたが教えて。最近のわたしは何が好きなの？」

リースの目にまた何かがよぎった。今度は苦悩ではなかった。興奮か何か……。

わたしは何が好きだったと考えているの？

アラナは喉をごくりとさせた。セックスではない。そんなはずはないもの。たしかに、かつては好きだった。けれど夫に強要され、髪をねじりあげられ、ふしだらな女呼ばわりされては、好きでいられるわけがない。

「楽しみにしていてくれ」リースが言った。「ぼくに連絡したいときは、きみの携帯電話のいちばん最初に番号が登録してある。電話は、きみのバッグのなかだ。じゃあ、行ってくるよ、アラナ」

リースは彼女の肩に手を置き、頬に軽くキスをした。男女関係抜きのあっけないキスだったが、アラナの胸は高鳴り、全身に鳥肌が立った。

「六時ごろ帰るから」リースは言い残して、出かけていった。

アラナは頬に手を当て、彼を見送った。ひとつだけ確かなことがある。頭では夫を覚えていなくても、体は思い出しはじめていた。

10

リースのオフィスは、街の中心の、シドニー・ハーバーを一望できる高層ビルの十二階にあった。

彼の部屋は贅沢《ぜいたく》なしつらえだったが、大きすぎるほどではなかった。〈ダイヤモンド・エンタープライズ〉の常勤社員は三人。リース、新人だが働き者のアシスタント、ジェイク・ワイアット、そして受付と秘書をしている女性だけだ。

受付兼秘書のケイティは三十八歳。もとは不動産の営業をしていたが、売り上げのプレッシャーのない職種に転職してきたのだ。駆け引き上手で実務的な、金髪の魅力的な女性だった。そして、何よりいいことに彼女は幸せな結婚生活を送っている。

職場に個人的なごたごたを持ちこまれるのはお断りだ。

十一時を少し過ぎたころ、オフィスに入っていったリースは、受付の前を通る際、ケイティに言った。「一時間は電話をつながないでくれ。きかれる前に言っておくが、アラナはまだ記憶をとり戻していない。それから、見てのとおり、ぼくは機嫌がよくない」

「では、いつものベーグルとコーヒーは買いに行かなくていいかしら?」まばたきもせずにケイティが言う。

ベーグルとコーヒー。そいつは捨てがたい。このところ食事にまで気がまわらず、胃が抗議の音をたてはじめている。

リースは自分のオフィスの入口で立ち止まり、ようやく笑みを浮かべた。「男を誘惑する方法をよく知っているようだな」

ケイティは肩をすくめた。「人はパンのみにて生きるにあらず。でもベーグルは別ですもの」

「そのとおり。二つ頼むよ。それと濃いコーヒーを。だけど、二十分後にしてくれ。まずはかけなければならない電話があるから」

「ジェイクはどうします?」

「ジェイクがどうした?」リースの声にわずかにいらだちがにじんだ。今朝はジェイクにつきあってやれる気分ではなかった。

「彼にまかせた物件探しのことで、報告があるそうです。ほら……あの銀行家のお友達の」

「ああ」ハネムーンに出発する前に、リチャードからホリーと暮らす家を探しておいてほしいと頼まれ、戻ってくるまでにいくつか候補を挙げておくとリースは約束していた。

とはいえ、まだ四週間も先の話だ。今はほかに優先すべきことがある。

「ジェイクには、またの機会に話を聞くと言っておいてくれ。いいね？」

「はい、わかりました」

リースはオフィスに入ってドアを閉め、つややかな紫檀《したん》のデスクに向かった。かつてイギリス人の邸宅に置かれていたそのデスクは今、シドニー・ハーバーの眺望を前にしている。

一年半前、リースは、優雅な内装とみごとな景色に惹《ひ》かれてこのオフィスを借りた。だが、今日は何も目に入らなかった。たったひとつの問題に心を奪われているせいだ。

リースは黒い革張りの回転式肘掛け椅子に腰を下ろし、受話器をとると、自動ダイヤルの登録からマイクの電話番号を選びだした。バーかどこかで悲しみに浸っていたい気分だが、貧しく恵まれない人に資金的な援助をするという神との誓いを果たすときが来たのだ。

神のお恵みでアラナの命は救われたものの、ぼくが物惜しみしない人間なら、彼女が記憶を失うことはなかったのかもしれない。アラナがぼくを思い出してくれなかったら……。結婚していることに耐えられず、離婚したいと言いだしたら……。

考えると気分が悪くなってきた。

「マイク・ストーンです」三回目の呼びだし音で、マイクが応答した。

「マイク、リースだが」

「リース！」マイクの声には驚きと警戒心が感じられた。「この前の土曜日のことはもう怒っていないだろう？　いいかい、アラナにダンスを教わるというのは、ぼくが言いだしたことじゃないんだ」

リースはすっかり忘れていた。土曜日の夜がはるか昔に思える。たった四日前のことなのに。

「ああ、わかっているよ、マイク。そんなことで電話したんじゃない」

「おい、こんなに真剣な声は初めて聞いたな。何かあったのか？」

できるだけ手短にリースは事故の件を伝えた。

「なんてことだ！」話を聞いたマイクが驚きの声をあげた。「なぜ早く言ってくれなかったんだ？　何か手伝えたかもしれないのに。少なくとも一緒に飲むくらいは。気晴らしをするべきだ。ひどく悩んでいるんだろう」

そんな言葉では足りない！

リースは神との誓いをマイクに話した。

「そいつはすばらしい」マイクが言う。「でも……それがぼくに何か関係あるのか？」

「ぼくも、かわいそうな子供たちに必要なものを買ってやろうと思うんだ。コンピュータとかスポーツ用品とか。旅行の費用を払うとか」

「本気か？」

「もちろん。だけど、何に使うか決めてほしい。きみなら、どこで何が必要とされているか、わかっているだろう」

「金額的にどれくらいを考えている?」

「まず百万ドルでは? それから毎年、百万ドルずつ。ただし、そのときも黒字だったらだけど。知ってのとおり、ぼくの資産は不安定だから」

「なんと言ったらいいのか」

「ただ感謝してくれ。で、どこに金を送ればいい? 今日じゅうに送るよ」

二分後、マイクの銀行口座の番号をメモしてリースは電話を切った。

マイクのこういうところが好きだった。無駄口をたたかず、するべきことをしてくれる。

ナタリー・フェアレーンとの電話はこれほど簡単にはいかないだろう。

幸い、手帳にナタリーの電話番号が書きとめてあった。さらに運よく、応答したのは留守番電話ではなかった。ナタリーは〈求む、妻〉をひとりで運営している。パディントンにあるテラスハウスの自宅の、一階正面の部屋がオフィスで、彼女の外出中は秘書の代わりに留守番電話が対応する。

「ナタリー、リース・ダイヤモンドだが」彼はそっけなく言った。

電話線の向こうに一瞬ためらいがあった。

「リース! まあ、こんにちは。アラナとの結婚がうまくいってないという知らせじゃなければいいんだけど」

「アラナとの結婚はうまくいっている」安心させるように言いながらも、リースは彼女の言葉に驚いていた。ナタリーは非常に実際的なビジネスウーマンで、自分がかかわった縁談に私情を交えることはないと思っていたのだ。

目の覚めるような赤毛のナタリーは、とても魅力的な容姿だが、冷たく、人を寄せつけない印象があった。ところが、電話線を通して聞こえてくる声は温かく、リースの結婚を心から気にかけているようだ。

「それなら、どうなさったの？」ナタリーが困惑げに尋ねた。

リースはアラナの件を話した。ナタリーが途中でどうでもいい質問をさしはさまなかったことを、ありがたく思った。

彼女はそんな女性ではない。くだらない質問などまずしない。ナタリー・フェアレーンのような女性は、ほかにいないだろう。とても知的で、なかなか手ごわい。

肉体的魅力にあふれているが、結婚経験があるとは思えなかった。よほど不屈な男でないかぎり、周囲を圧倒するナタリーの個性が自分にふさわしいとは考えないだろうから。

「二人ともお気の毒に」リースの説明がすむと、ナタリーは言った。「とくにアラナは。最初の結婚がそんなにひどかったなんて、知らなかった。とても珍しいわね。最初の結婚が悲惨だった場合、再婚する女性は少ないのに」

「それでアラナも悩んでいるんだ。自分が再婚したことが信じられないらしい。きみならその点を説明できるかと思ったんだが、どうやらアラナはきみにも事実を話さなかったようだな」

「そうね。でも……わたし、アラナのことはいつも気になっていたの」

「なぜ？」

「うまく言えないんだけど。わたし、傷ついている女性がいると、ぴんとくるのよ。アラナと会ったときにも何か感じたの。でも、最初のご主人が悲劇的な死を遂げたと聞いて、そのせいだと思ってしまって。直感を信じるべきだったのね。これからはそうするわ」

リースは納得した。ナタリーはこれまでの人生のどこかで、男に痛い目にあわされた経験があるのだ。それも、かなりひどく。

「とりあえずアラナに会ってもらえないか？」リースは尋ねた。「失った五年のあいだにかかわった人やものと接触するよう、医者から勧められたんだ。きみと会ったら、アラナは何か思い出すかもしれない。やってみても害にはならないと思うんだが」

「喜んで」ナタリーは即座に答えた。「いつがいいかしら？」

「明日は？　今日はアラナが疲れているから。まだ家に慣れようとしているところなんだ」

「時間を決めてくれたら、伺うわ」

「午前十時では?」

「あなたも一緒に?」

リースはためらった。アラナのそばにいたい。今すぐ家に帰って付き添っていたい。だが、彼にも分別はあった。アラナは大きなストレスにさらされている。そっとしておくべきだ。いやというほど最初の夫につきまとわれていたのだから。

「いや、仕事がかなりたまっているもので。だけど、ジェスという名の掃除の女性が来ている。彼女がドアを開けてくれるよ」

ジェスは親切な女性だ。アラナを動揺させたり、質問攻めにして困らせたりすることはないだろう。

「住所はファイルに記録されているところ?」

「そうだ」結婚すると決心したときにリースは家を買ったのだった。前の所有者が海外へ引っ越し、家具や内装はすっかり整っていた。「ありがとう、ナタリー。いつかランチをごちそうするよ」

ナタリーは笑った。「ありがとう。でもいいのよ、リース。何年か前から既婚男性とは食事しないことにしているの」

なるほど、彼女は既婚男性に傷つけられたのか。

「なにも口説こうとしているわけじゃないさ。ぼくはアラナを愛しているんだから。ああ、そうだ。頼むから、アラナにはぼくが愛していることは言わないでくれ。彼女はその言葉を聞くのをいやがるんだ。何も言わないと約束してくれないか」

「約束するわ。かわいそうなアラナ」ナタリーの声には心からの同情がこもっていた。「一度ひどい目にあうと、臆病《おくびょう》になってしまうのよ。あなたの言うとおり、愛しているという言葉は聞きたくないんでしょうね。言葉では。でも、態度で示してはいけないということじゃないわよ」

「冗談だろう?」リースは叫んだ。「今は指一本触れるつもりはない」

「あらまあ」ナタリーは腹立たしげにため息をついた。「男ってセックスのことしか考えていないんだから。彼女を抱きなさいと言ったわけじゃないわ。ちょっとした思いやりよ。花をあげるとか……」

「それだったら、もう考えているよ」とはいえ、うっかり忘れていた。思い出させてくれたナタリーにリースは感謝した。

悩みがあると、彼は忘れっぽくなってしまうたちだった。このビルのロビーに花屋がある。忘れないうちに行って買ってこよう。ついでに母にも花を送ろう。

「じゃあまた、ナタリー」ドアを軽くノックする音が聞こえた。ケイティがベーグルとコーヒーを持ってきたようだ。「十時にきみが来るとアラナに伝えておくよ。本当にありがとう」

ケイティに声をかけながらリースは腕時計を見た。十二時二十分前。アラナは何をしているだろう。

記憶が戻っているといいのだが。

11

アラナは立派な設備の整った真っ白なキッチンに立ち、飲みおえたコーヒーのマグカップを洗っていた。そのときふいに、誰かが背後に近づいてくる気がした。

背筋が凍り、思わず悲鳴がもれる。

彼女はさっと振り向いた。だが誰もいなかった。

自分しかいない。

彼女は流しにもたれかかった。心臓がどきどきしている。

既視感《デジャビュ》というわけ？

それなら、この家のほかのものに見覚えがないのはどうして？　コーヒーをいれようとして、食器棚の隅から隅までのぞかなければならなかった。マグカップもインスタントコーヒーも砂糖も、どこにあるかまったく覚えていなかったのだ。

一階の部屋はどこもぴんとこない。家の外も。先ほどアラナはしばらく庭を歩きまわり、プール周辺を見てから、突堤まで行き、振り向いて家を眺めてみた。

何も浮かばなかった。記憶のかけらも。

首を振り、アラナはようやく二階の主寝室へ行く決心をした。なぜか今までそれを避けていたのだ。何か思い出すとしたら、いちばん可能性の高い場所なのに。けれど、どうしても気が進まず、神経がぴりぴりしていた。

息を吸いながら無理に足を動かし、キッチンからメインの居間へ戻って、玄関ホールに続く広い段差を上がる。そこでアラナは化粧室に入り、ぐずぐずと時間を稼いだ。

鏡に映る自分を見て、彼女はぎょっとした。ひどい格好だ。

「あら、いやだ」アラナは声に出し、顔にかかる髪を払いのけた。彼女の髪は、美容院で手をかけなくてもきれいにまとまるウエーブがかった自然な金髪だった。それでも手入れは必要だ。顔もなんとかしなくては。そのためにも二階へ行くしかない。シャワーを浴びて、髪を洗い、服を着替えなければ。ジーンズとセーターは薄汚れている気がするし、下着も着心地が悪い。

ブラジャーはワイヤー入りのハーフカップで、胸を寄せて上げるタイプなので、胸の先がとび出しそうだった。おそろいのショーツは、くりが深く、後ろはピンクのサテンの細いひもがあるだけだ。

きっと二階の寝室にはふつうのコットンの下着があるだろう。

「さあ、階上《うえ》へ行くのよ、アラナ」彼女は自分に言い聞かせた。「これ以上ぐずぐずしないで」

化粧室を出て向きを変え、しっかりした足どりで右側の階段に向かう。それは大理石の階段だった。階段わきの白い壁には、海を写した白黒の写真が数枚かかっている。とても印象的だ。

わたしが選んだの？　それとも、もともとこの家に飾られていたのだろうか？　プロのインテリアデザイナーが選んだ写真のように見える。

もっとも、この家にあるのはすべてプロが選んだもののようだ。ということは、わたしは自分の家の装飾すら手がける気がなかったのだろうか？　それとも、今のわたしは、お金を払って何もかもプロまかせにしているの？

わからないことが山ほどある。アラナはまた憂鬱《ゆううつ》になった。とてももどかしい気分だ。リースもいらだたしく思っているに違いない。

ため息をつき、曲線を描く階段を上がると、大きな銀色のノブがついた両開きドアが正面に見えた。左手の壁にもドアがある。そして右手の壁にもドアがもうひとつ。

論理的に考えれば、正面の両開きドアの向こうが夫と二人で使っている寝室だろう。アラナは、まずほかの部屋を見てみることにした。

両方ともバスルームつきの寝室だった。あとでのぞいたほうの部屋は青と白でまとめられ、最近使った形跡があった。カバーやマットレスが乱れ、椅子の背に服がかかっている。

黒い革のジャケットとストーンウォッシュのジーンズが。

リースは今ここを使っているのだ。

彼の配慮に心を打たれる一方、驚きもした。アラナは、思いやりを示されたときの自分の気持ちにまだなじめなかった。

いよいよ両開きドアを開けるときには、二人で使っている部屋の様子を知りたくてうずうずしていた。どんなベッドだろう。

それは巨大なベッドだった。アンティークではないけれど、四柱式ベッドで、フレームは白く塗られている。この家のテーマカラーは白のようだ。キルトカバーは高級な白いサテンで、銀色の糸で縫ってある。

部屋の大きさからすれば、家具は少なめだ。ベッドサイドに白いチェストが二つ。白い籐《とう》の椅子が二つ。そして高級化粧品や香水がずらりと並んだ白い化粧台。

化粧台に近寄り、上の引き出しを開けてみる。なかをのぞいて、アラナは目を丸くした。これほどたくさんの、おそろいのブラジャーとショーツを見たのは初めてだった。すべて、今日着ているピンクのサテンの下着と同じようなデザインだ。ハーフカップのブラジャーと、後ろがひも状のショーツ。

ほかの引き出しにもセクシーな衣類が入っていた。シルクのパジャマ、レースのテディ、サテンのボディスーツ、上部がレースのストッキング。

リース・ダイヤモンドと結婚したアラナはコットンの下着は着ないようだ。彼女の二番目の夫がセクシーな妻を好むということは、寝室の壁に飾られた何点かの絵を見ても明らかだった。

アラナは、その絵にあえて目を向けないようにした。白い紙に黒いクレヨンで描《か》かれた絵で、銀の額縁におさまっている。どの絵にも、さまざまなポーズのほとんど何も身につけていない女性が描かれていた。ヌードではないにしても、とてもエロティックだ。

寝室にこんな絵を飾るとは。わたしが選んだのではないことはたしかだ。

そう言いきれるの？

アラナはもう一度首を振った。記憶を失ったせいで、これほどつらい思いをするなんて。

アラナは寝室に続く贅沢《ぜいたく》な造りの大きなバスルームに入った。

床から天井まですべて大理石で、金具は銀で統一されている。夫婦それぞれの化粧台に、ジェットバス、トイレ、ビデ。

化粧台の上の大きな鏡を動かすと、薬や洗面用品が並んだ棚があった。

自分に処方された睡眠薬の包みを見つけて、アラナは顔をしかめた。わたしは睡眠障害があったの？　ミセス・リース・ダイヤモンドは幸せではなかったのだろうか？

リースは、ぼくたちは幸せだと言っていたけれど、嘘《うそ》かもしれない。

でも、なぜ嘘をつく必要があるの？

幸せでないのなら、妻と別れるいい口実になるはず。なのに、事故後リースはずっと親切で思いやりがあり、優しくしてくれている。リースは、妻が不幸だとは思っていないのかもしれない。

アラナはため息をついた。もうあれこれ考えるのはうんざりだ。いらだちがつのり、精神的疲労がたまってきた。

鏡をもとに戻し、もう一度バスルームを見まわしてみる。何も感じない。睡眠薬。大きなジェットバス。シャワーブース……。

アラナの視線はシャワーブースに引きつけられた。

シャワーヘッドが二つあり、二つの棚にそれぞれアラナとリースのバス用品が置いてある。シャンプー、コンディショナー、シャワージェル。

夫とここでシャワーを浴びている姿を想像しようとすると、喉がからからになってきた。そんなことをしたのかしら？　互いに背中や、ほかの場所を洗いあったの？　洗う以外のことまで彼にさせたのだろうか？　わたしは何が好きなのときいたとき、彼が笑っていたのは、これを思い出したから？

セックスに関することがふたたび好きになれたとは、どうしても思えない。

それでも鼓動が激しくなった。

親密な関係に対する恐れのせい？　それとも潜在意識が興奮を感じたの？

役にも立たないことをあれこれ考えて自虐的になるのは、いい加減にしなさい。アラナは自分に言い聞かせ、寝室に戻った。

一歩ずつ進めばいいと医師が言っていた。あわててはいけない。ストレスは禁物だ。今日は、まずこの家と自分の持ち物に慣れるだけでいい。

寝室にはまだ開けていないドアがあった。そこはウォークイン・クロゼットで、驚くほど広く、二人のさまざまな服がかかっていた。

右側に整然と並んだ、いずれも高級そうなスーツ、シャツ、スラックス、ジャケットを見れば、思っていたとおり、夫は洗練された着こなしをする人だとわかる。

左側には女性の服があった。

これが全部わたしの服なのだ。たくさんのラックを見ながら、アラナは自分に言い聞かせなければならなかった。

まず驚いたのは、鮮やかな色の服がないことだった。ダルコとの結婚の後遺症だろう。彼はアラナが人目を引くものを身につけるのをいやがった。

だがずらりと並んだ服をよく見ると、リース・ダイヤモンドの妻は、ダルコの妻だったころとはまったく違う服を着ていることに気づいた。

何枚もあるイブニングドレスを見て、目が飛びだしそうになる。ショックのあまり思わず息をのんだドレスもあった。シャンパン色のサテンのセクシーなロングドレスだ。

胸元が大胆に深くくれ、上半身には裏地もついていない。背中は大胆を通り越していた。つまり布地がまったくないのだ。ウエストまでむきだしになっている。ウエストのはるか下まで！

このドレスでは下着はつけられない。どんなに小さなショーツでも見えてしまうから。自分はこのドレスを公衆の面前で着ていたのだ。ダルコだったら、こんなドレスを着せるくらいなら、妻を殺していただろう！

身を震わせ、アラナはドレスをラックに戻した。白いサテン地のドレスもあったが、シャンパン色のよりもましとは言えなかった。

そのとき、ラックの隅の赤いものが目に入った。

アラナは絶望的な気分になった。みだらな新しいわたしにお似合いの真っ赤なドレス！しかしドレスをとりだしてみると、デザイン的には大胆ではなかったので、アラナはほっとした。色は鮮やかだが、控えめなスタイルだ。

ところが残りの服を見て、ますます動揺が激しくなった。最初に見たドレスほど肌を露出するものはないにしても、外出用の服はセクシーなものばかりだ。タイトなミニスカート、体の線がはっきり出そうなジャケット、脚線美を強調するパンツ。シルクやサテンやシースルーなど、なまめかしい素材の胸元が開いたトップス。靴も、セクシーで人の目を釘《くぎ》づけにする、かなりかかとの高いハイヒールがずらりと並んでいる。

すでにショック状態は通り越していた。再婚してセックスを楽しんでいる自分の姿も信じがたいけれど、こんな服を身につけているとは、とうてい信じられない。わたしはいったいどんな女になってしまったの?

幸い、トラックスーツやジーンズ、ショートパンツ、Tシャツ、パステルカラーのブラウス、薄手のセーターなど、カジュアルな服もある。

少なくとも今夜はセクシーで刺激的な服装でリースと顔を合わせなくてもすみそうだ。もしかしたら彼はそういう格好を好むのかもしれないけれど。

ふたたび震えが走った。何もかもなじみのないものばかり。あまりにも違いすぎる。アラナは強烈なストレスに襲われた。

以前の彼女は、自由に家から出ることもできない、夫に踏みにじられた妻だった。そして今度は、男を悩殺するドレスをまとう、裕福な大物実業家の飾り物の妻になってしまったのだ。

こんな状況でうろたえずにいるなんて無理だ。でも、悲鳴をあげればいいのか、泣きだせばいいのか、わからない。

アラナは首を振り、紺色のトラックスーツと白いTシャツをつかんで、バスルームに行こうとした。そのときベッドサイドのチェストに置いてある電話が鳴りだした。

アラナはぎくっとし、足を止めた。電話には出たくない。相手が誰か見当もつかなかったら、どうすればいいのか？

だけど、リースかもしれない。

電話に出なければ、彼が心配するだろう。

持っていた服を椅子に置き、アラナは電話のところへ急いだ。

「もしもし？」

「アラナ？　あなたなの？」

アラナはたじろいだ。悪い予感が的中してしまった。声の主が誰か、まるで見当もつかない。優雅な女性の声だということしか。ベッドの端に腰を下ろし、アラナは受話器を耳に押しあてて何かがひらめくのを願った。

「ええ……そうですけど」事故で記憶を失ったと説明するわけにはいかない。

「なんだか様子が変ね。具合でも悪いの？」

「実は、眠っていたものだから」アラナはさらりと嘘をついた。「頭痛がひどくて」

「かわいそうに。あなた、しょっちゅう偏頭痛に襲われるわね」

そうなの？

「だから、ジムに来なかったのね」電話の女性が話している。「二日も続けて来ないから、何かあったんじゃないかと心配していたのよ。それなら、今夜のいつもの集まりにも来られないわね。みんな、がっかりするわ」

アラナは目をぱちくりさせた。つまり、わたしはジムに頻繁に通って、女友達と夜出かけているの？　きっとわたしは幸せなのだ。

残念ながら、電話の相手が誰かはわからなかったが、リースならきっと知っているだろう。今夜きいてみよう。

「ええ、行けないと思うわ。ごめんなさい」

「残念ね。あなたがいると楽しいのに。じゃあ、また今度。お大事にね。さよなら」

「さよなら……」

電話を切ったアラナは驚き、混乱していた。最近のわたしはセクシーなドレスを着ているだけでなく、熱心にエクササイズをして、パーティを盛りあげる社交家になっているようだ。

わたしはそんな性格じゃないのに！

突然、アラナはもう自分の手には負えないと感じた。いらだちがつのり、涙がこみあげてくる。記憶が戻ってほしい。明日でも、来週でも、来月でもなく。今夜リースが帰ってくるまでに記憶が戻ってほしい。玄関で彼を出迎え、おかえりなさい、帰ってきてくれてうれしいわと言いたい。あなたのことを思い出したの。あなたの言うとおりだったわ。わたしたちは幸せよね。そう、わたしはいい妻だもの、と言いたい。

でも、そうではなかったら？　わたしはひねくれた復讐《ふくしゅう》心から再婚したのかもしれない。

ああ、神さま、どうかわたしは冷血ないやな女ではありませんように。涙があふれ、頬を流れ落ちた。欲深い怠け者、思いやりのかけらもないふしだらな女ではありませんように！

12

タイ料理の串《くし》焼き牛肉を持てあまし、つついているだけのアラナを見ているうちに、リースはふさぎこむ彼女を無視するわけにいかなくなってきた。彼が帰宅したときには、アラナは機嫌がよく、買ってきた花やワインと食べ物を喜んでいるようだったが、今の彼女は心ここにあらずといった感じで、食欲がまったくなさそうだ。

「どうかしたのかい、アラナ?」リースはそっと尋ねた。「ほとんど食べていないね」

二人は、朝食用カウンターのスツールに座っていた。アラナが格式張ったダイニングルームでは食べたくないと言ったのだ。

「いいえ、違うの」アラナは顔を上げ、リースを見た。「おいしいわ。でもあまり食欲がなくて」

「きみの好物だよ」

「そうなの?」皿の上で肉を動かしながら、アラナはぼんやりと答えた。

リースはどうしていいかわからなかった。彼女の気分が落ちこむのはよくわかる。人生の五年間を失えば、誰でも恐怖を感じるだろう。とくに、悲惨だった時期に戻っているとしたら。

あせらせてはいけない。

「もっとワインを飲むかい?」彼はアイスペールから瓶をとりだし、彼女のグラスについだ。「このワインもきみのお気に入りだ。ニュージーランド産の白だよ」

アラナはグラスを持ってひと口飲み、おいしそうな顔をしたが、すぐに考えこむ表情になった。

「わたしはたくさん飲むの?」

その質問にリースは驚いた。突然、彼女の口調が鋭くなったことにも。

「きみはそのワインが好きだけど」リースの答えは気づかいにあふれていた。「でも、酔っ払った姿は見たことがない。いや、がぶ飲みした夜が一度だけあった」

「いつのこと?」

「ぼくらが結婚した夜」

「まあ」アラナは赤くなった。

「ぼくたちは結婚するまでベッドをともにしなかった。きみがそう言い張ったんだ。今では、ぼくも理解しているよ。きっときみは神経質になっていたんだろう」神経質という言葉はふさわしくない。ゆうべ、ジュディから聞いた話では、けがらわしいダルコのせいで、リースと結婚するまで、アラナは誰ともベッドをともにしていなかったらしい。

アラナは探るようにリースを見ていたが、とうとう好奇心がきまり悪さに打ち勝った。

「どうだったの……わたしたちの結婚初夜は?」

「よかったよ」

その答えに、アラナはいらだちをおぼえたようだ。だが、いつかは記憶が戻るはずの彼女の過去を、あまり美化して伝えるわけにもいかない。

正直に言えば、あのときリースは、彼女をリラックスさせるのにかなり苦心した。彼女が上りつめるまで一時間かかり、彼はあらゆる技巧を駆使しなければならなかった。そのあとアラナは、急に意識を失ったのだ。

「あまりよくなかったみたいね」

「だんだんよくなってきたんだよ」

アラナは眉をひそめた。「どれくらい?」

「すごくよくなった。なあ、アラナ、話題を変えよう」リースはきっぱりと言った。アラナのことを考えただけで、セックスのことを考えたときと同じように体が反応してしまう。

彼のぶっきらぼうな口調に、アラナが身をこわばらせたのを感じて、リースは即座に謝った。

「ああ、すまない。きつい言い方をするつもりはなかったんだ。その……いや、言い訳なんかできない。すまなかった」

「いえ、いいのよ」アラナもすぐに応じた。「教えて。わたし、あなたを困らせるような
どんなことをしたの？」

「きみが？　何もしていないよ。困らせたのは僕のほうだ」

「あなたが？　何をしたの？」

リースはアラナを見て首を振った。「知らないほうがいい」

「でも、どうしても知りたいの。あなたは優しくしてくれたもの。花も買ってきてくれた
し」アラナは、朝食用カウンターの端に置いてある、色とりどりの花の入ったかごを示し
た。「それに、このおいしい食べ物とワインも。こんな男性はほかにいないわ。いいえ、
それは正確じゃないわね。以前知っていたある男性もあなたに似ていたわ」

「ダルコじゃないだろうね」

「もちろん違うわよ！」

「じゃあ、誰？」

アラナははにかんだ笑みを浮かべた。「大学時代の個人教師」

「それで？」

「わたしの初恋の人なの。わたしは十九歳で、彼は四十歳だった」

「経験豊富な年上の男性か」

「とってもね」アラナはそう言ってさらに頬を赤らめた。

この前の土曜日に見せてくれた巧みな行為は、彼から学んだのだろうとリースは思った。ちくしょう。またしてもセックスのことを考えている。今夜は眠れそうにない。とにかく話題を変えたほうがよさそうだ。

「ところで、今日ナタリー・フェアレーンに連絡しておいた。〈求む、妻〉の女性だよ。明日の朝、十時ごろ来てくれる。状況は説明しておいたから、きみは気にしなくていい。それに明日は掃除の女性も来る。ジェスという名前だ」

それを聞いても、アラナはうれしそうな顔をしなかった。「ナタリーという人が来るのはかまわないけど、掃除の人は必要なの？　記憶が戻るまで、自分で掃除したいの。断れないかしら？　リース、お願い」

リースはため息をついた。「わかったよ。掃除はキャンセルしよう。でも、記憶が戻るまでだぞ」元気なくふらふらしているより、忙しく体を動かしていたほうがアラナにとっていいかもしれない。

「ありがとう。全然見覚えのない人を相手にするのは気が進まないの。今日、女の人から電話があったんだけど、どうしていいかわからなくて」

「そうだったのか。誰から？」

「さあ。全然わからなかった。わたし、その女性と一緒にジムに通っているみたい。優雅な声の人だったわ」

「ああ、きっとリディアだ。きみには一緒に近所のジムに通う仲間がいる。それに水曜日の夜、みんなで出かける。話しておくべきだったな。リディアはそのことで電話してきたんだろう」

「ええ」

「きみはなんと答えた？」

「何も。頭痛のせいにして切り抜けたけど、変なのよ。わたしはしょっちゅう偏頭痛に襲われるって彼女が言っていたわ」

「しょっちゅうじゃなくて、ときどきだよ」

「そう……。で、リディアはわたしの親友なの？」

「いや。きみには親友というほど親しい友達はいないよ。でも、ここ数週間でホリーとかなり親しくなってきた」

「ホリー」アラナは繰り返し、眉をひそめた。「だめ。その名前を聞いても、何も思い出せないわ。ホリーって誰？」

リースは、この前の土曜日にあった結婚式の話をした。ホリーとリチャードが一カ月間ハネムーンに行っていることも。

「花嫁付き添いの赤いドレスを着て、きみはいちだんときれいに見えた」口にしたとたん、リースは後悔した。彼女を褒めたせいで、またあの夜を思い出してしまった。

「まあ！」アラナが大声を出した。「今日、クロゼットをのぞいたとき、そのドレスを見たわ。あれはほかのドレスと違っていたの。花嫁付き添いのドレスだったからね！」

「いつものきみの趣味とは違っていたけど、よく似合っていたよ」

「ええ、わたし……いつもはどんな趣味なのか、よくわかったわ。わたしは、かなり刺激的なドレスを着るのね？」

「ぼくが、そういう服を着たきみが好きなんだ」

「ダルコなら、あんな服は全部脱がして破ってしまうでしょうね」

「ぼくはダルコじゃない！」リースは思わず叫んでいた。アラナに対する怒りがわいてきた。そして悲しみも。

「もちろん」アラナが探るような視線を向けてくる。「あなたは明らかに彼と違うわ……」

リースは、難破船の破片にしがみつく遭難者のようにフォークを握りしめているのに気づいた。彼に向けられたアラナのまなざし。そこには愛や、抑えようのない欲望はない。男の自尊心を満足させる称賛とひたすらな感謝の念が見えるだけだ。

こんなにも彼女にキスしたいと感じたことはなかった。ただキスをして、抱きしめたい。慰め、安心させてやりたい。

彼女に対する愛情が心の奥からわきあがり、リースの全身にあふれた。

「きみを傷つけたりしないよ、アラナ」彼はありったけの優しさをこめて言った。「絶対に」

突然、アラナの目が涙で潤んだ。

「あなたのことを思い出せたらどんなにいいか」苦しそうな声だった。

「思い出すさ、もうすぐ」

「どうしてそう言えるの?」アラナは叫び、涙をぬぐった。「記憶は戻らないかもしれないのよ。お医者さんだって、なんでもわかっているわけじゃないもの。間違っているかもしれないわ」

リースには、動揺し苦悩する彼女の気持ちがよくわかった。リースでさえ、気が動転しそうになるときがある。だが、二人でうろたえているわけにはいかない。自分がしっかりしなければ。

「そのときはそのときで考えるさ。それまでは、ぼくを怖がったりしないで。いいね?」

「ええ……」

くそ。もっと確信を持って言ってほしいのに。リースは、アラナの恐怖心をとり除くためならなんでもするつもりだった。

「何もかもうまくいく。ぼくを信じてくれ」

「わたしはそんなに簡単に男性を信じられないのよ、リース」

「わかるよ。でも、きみはまた男を信頼できるようになったんだ、アラナ。でなければ、ぼくと結婚したはずがないだろう？」

「そうなんでしょうね」アラナは顔をしかめた。

「明日、ナタリーが来るから話してごらん。きみが夫を求めて紹介所に登録したときの様子を教えてくれるよ」

「心配だわ」

「どうして？」

「そんなことをする自分が好きになれないかもしれないもの」

「ぼくはそうは思わない」

アラナの顔に狼狽《ろうばい》が浮かんだ。「自分らしいとは全然思えない」

「たとえばどういう点が？」

「まずは着ている服よ。とくにクロゼットにあったイブニングドレス。どれもこれもセクシーだけど、なかにはとてもみだらな服があったわ」

「ああ、どれのことかわかるよ。シャンパン色のサテンのだろう」

「ええ。あんなドレスを買うなんて想像もつかない。ましてやあれを着るなんて」

「きみは完璧《かんぺき》に着こなしていたよ。一度しか着たことはないけど。それに買ったのはきみじゃない。ぼくだ」

アラナはまじまじと彼を見た。

「たしかに大胆すぎた。それは認める」リースは沈んだ表情で言った。「でも、きみの体形だからこそ着こなせる」

「あんなドレスじゃ下着がつけられないわ」アラナは怯《おび》えた口調で抗議した。

「いかにも」これも思い出したくない話だった。パーティのあいだ、リースは興奮しっぱなしだったのだ。今も考えただけで興奮してくる。

「わたしはいやがらなかったの？」アラナは信じられないという顔をしている。

「少しは困っていたかもしれない。ストラップを短くしなければ二度と着られない、とあとで言っていたから」

「ストラップを短くしたくらいじゃ何も変わらないわ。娼婦《しょうふ》のドレスみたい」

リースはフォークを落としそうになった。アラナはそれを気にしていたのか。セクシーな服を不道徳だと思っているのだ。

ぼくのアラナはそんなふうに考えない。女性は自分の好きなものを着る権利があると信じていた。

だが、五年前のアラナはもっと上品ぶった考え方に洗脳されていた。

いまいましいダルコのせいだ！

今のアラナの不安はダルコに責任がある。リースは、妻にあんなドレスを選んだ自分の罪をひとまず意識しないようにした。とはいえ、二度と彼女にあのドレスを着せるつもりはない。

しかし、今はそんなことが問題なのではなかった。アラナが新しく生まれ変わった自分に納得できるようにしなければ。

「アラナ、きみが娼婦だなんてとんでもない」リースは強い口調で言った。「この五年で、女性のファッションは色っぽくセクシーになった。みんな、そういうドレスを着ているよ。パーティでは刺激的なドレスを着ても許されるんだ。とくに、きみみたいにほっそりしていて美しい体形なら」

アラナはまた顔を赤らめた。「ダルコにはいつも、痩《や》せすぎだって言われたわ」

ろくでなしめ。リースは歯を食いしばった。

「きみはあらゆる点で完璧だよ」彼は強調した。少し声に熱が入りすぎたかもしれない。リースはもう一度話題を変えることにした。アラナの完璧な体に関する話題はやめよう。「もう食べないのなら、片づけて、コーヒーをいれようか？」

アラナはびっくりした表情になった。「コーヒーはわたしがいれるべきだわ。あなたは一日じゅう働いていたんですもの」

「大丈夫かい？　だって……どこに何があるか、まだよくわからないだろう」

「コーヒーの場所ならわかるわ」彼女はそっけなく答えた。「真っ先に探したもの」

リースは笑った。「きみはコーヒーがなくては元気が出ないからね」

「それも不思議なことのひとつなの。以前のわたしはコーヒーなんて嫌いだったのに、今のわたしはいくらでも飲めるみたい」

「年齢とともに食べ物の嗜好《しこう》も変わるから」リースは気づかうように言った。

「そうなんでしょうね。でも、五年間でどれほど変わったか、まだ信じられなくて。自分がまったくわからないの」

「思いつめないほうがいいよ、アラナ。もっとリラックスして」

「リラックスですって？　冗談でしょう！」アラナはいらだちを爆発させた。「思いつめないなんて無理よ。どうしても考えてしまうもの。同じことばかり。自分が誰かわからないのよ！」

リースはスツールから下りながら言った。「きみはアラナ・ダイヤモンド、ぼくの妻だよ」


彼の妻。

アラナは喉をごくりとさせ、リースのハンサムな顔から視線をそらした。またあの感覚が押し寄せてくる。顔がほてり、全身に鳥肌が立つ。

先ほど、美しい花を持って彼がドアから入ってきたときには、別の感覚を味わった。自分が女性だという実感。彼の妻だという実感。

彼の口元を見ると、キスを考えてしまう。手を見ると、自分に触れる彼を感じる。今みたいに彼を見ていないときは、さらにあからさまなイメージが心にあふれる。すると口のなかがからからになり、鼓動が速くなる。そのイメージが空想ではなく、記憶ならいいんだけれど。

激しい欲望にアラナは頭がくらくらした。体じゅうが張りつめている。

リラックスしろとリースは言った。

でも、彼がいるところでリラックスするなんて、無理よ。口実を見つけて離れなくては。ひとりになるために。

「わたし……本当に頭が痛くなってきたみたい」アラナはようやく彼に視線を戻した。

リースは心配そうに眉をひそめている。「偏頭痛でないといいが」

「ええ。偏頭痛になったときに、わたしがのむ薬はあるの？」

「とってきてあげるよ」リースは冷蔵庫のところへ行き、その上にある作りつけの棚を開けた。

伸びあがって棚のなかを探す彼の肩に青いシャツがぴったり張りついて、筋肉を浮かびあがらせている。アラナはその後ろ姿に見とれた。何も着ていない彼も、服を着ているときと同じくらいすてきなのだろうかと想像する。

リースが振り向き、薬を手に戻ってくると、心ならずもアラナの顔はまた赤らんだ。「きみはいつもこれをのんでいた」リースは彼女のそばのカウンターに薬を置いた。「そして、部屋を暗くして横になっていた。たまに睡眠薬をのむこともある。バスルームの棚に入っているよ」

「ええ。さっき見つけて、なんのためにあるのか考えてしまったわ。悪いけど、コーヒーはやめにして、薬をのんでもいいかしら?」罪悪感が顔に表れないよう祈りながらアラナは言った。

リースが広い肩をすくめた。「もちろん。とにかく、きみの頭痛が心配だ」

アラナは立ちあがり、皿を片づけようとした。

すかさずリースが言う。「いいよ、ぼくが片づけるから。きみは自分のことだけ考えてくれ。でも薬をのむ前に、お風呂に入ってリラックスしたらどうだい? 偏頭痛じゃなくて、緊張からくる頭痛かもしれない」

アラナは恥ずかしさを隠すために儀礼的な笑みを浮かべた。「ええ、そうさせてもらうわ。本当にありがとう、リース。何もかも」

「どういたしまして」リースはふたたびアラナを困らせた。例の笑顔を見せたのだ。

またしても同じことが起こった。あの感覚。心に浮かぶあのイメージ。

アラナは、こわばった笑みを浮かべて痛み止めをつかみ、あわててキッチンから出ると、足早に居間を横切っていった。リースに見えないところまで行き、階段を上りはじめるまで、彼女は息もつけなかった。

嘘《うそ》が現実になり、ようやく主寝室に着いたときには、目の前で頭痛の前兆の光がちかちかしていた。

罰。嘘つきでふしだらな女に対する罰だ。

うめき声をあげながらアラナはバスルームに駆けこみ、急いで痛み止めをのんだ。まだかなり早い時間だったので、バスタブに湯を張り、泡の入浴剤とバスソルトを入れて、ジェットバスのスイッチを押した。

三十分後、湯上がりの体はいい香りがしてピンクに染まっていたが、ひどい頭痛は治っていなかった。アラナは自暴自棄の気分で睡眠薬を数錠のみ、ベッドで着るものを探した。クロゼットのセクシーなネグリジェはどれも刺激的すぎる。そこで化粧台の引き出しから、昼間見つけたピンクのシルクのパジャマを出した。大胆なデザインではなく、ほてった肌にシルクがひんやりと気持ちいい。

大きなベッドに入るころには、頭痛はさらにひどくなっていたが、意識はぼんやりしてきた。睡眠薬がようやく効いてきたらしい。アラナは頭痛と精神的な混乱から逃げたかった。平和だけを感じていたい。いいえ、何も感じなければもっといい。

十五分後、望みがかなってアラナは小さく吐息をもらし、眠りに落ちた。

ところが、眠りのなかでも感情的な苦しみから逃れることはできなかった。重苦しい夢が待ちかまえていたのだ。危険、ダルコ、痛み、恐怖、裏切られた愛、そして壊れた信頼という悪夢が。

13

リースはベッドのなかで本を読みながら、眠ろうとむなしい努力を続けていた。そのとき、悲鳴が聞こえた。

「アラナ！」

飛び起きたリースは主寝室へ急ぎ、部屋の明かりをつけてベッドに駆け寄った。

アラナは大きなベッドのまんなかで体を丸めていた。きつく目を閉じ、頭が胸にくっつくほど体を曲げている。

「やめて、お願い、ダルコ」彼女は哀れな声をあげた。「お願い……」

リースは胸が張り裂けそうになった。アラナの母親から、ダルコがアラナを苦しませたと聞いていたが、実際耳にする彼女の苦悶《くもん》の声は痛いほどリースの胸に突き刺さった。かわいそうに。頭痛に悩まされるのも無理はない。

彼女を起こさなければ。ダルコは死んで彼女はもう安全なのだと理解させなくては。ぼくと一緒にいれば安全だと。

「アラナ」リースは優しく彼女の肩を揺すった。

彼女の目がぱっと開いた。緑色の目の奥には恐怖が宿っている。

「ぼくだよ」すばやくリースは言った。「リースだ。きみの夫の。わかるかい？」

「リース。ああ、リース！」アラナはすすり泣きをもらし、両手で顔を覆うと、肩を震わせながらわっと泣きだした。

リースの心に愛情があふれ、それを示さずにはいられなくなった。性的に愛するのではない。体を触れあうだけだ。

「大丈夫だよ、ダーリン」少しもためらうことなくリースはベッドカバーを持ちあげ、彼女の隣にすべりこんだ。「きみは安全だから」両腕でしっかり彼女を抱きしめる。

一瞬アラナは身をこわばらせたが、リースに寄り添った。涙は止まらなくても、ヒステリックな状態はおさまってきた。

「リース」アラナはもう一度しゃくりあげ、彼にしがみついた。「ダルコじゃないのね」

「違う、ダルコじゃない。ぼくはダルコとは似ても似つかない。大丈夫だよ、ダーリン」

アラナの髪を撫《な》でながらリースはささやいた。「大丈夫だ」

どのくらいのあいだ彼女を抱きしめ、なだめ、さすっていただろう。十五分、いや、もっと長かったかもしれない。

彼女を落ち着かせるためにさすっていたのが、いつのまにか誘いかけるような愛撫《あいぶ》に変わっていたことにも気づかなかった。

彼女に対する欲望が徐々に芽生えていた。気持ちに反してゆっくりと。いつしかリースはアラナの唇にキスをしていた。初めは優しく、それからためらいのない情熱のこもったキスになった。

一瞬ぎょっとしたようにアラナは凍りついたが、しだいに柔らかく溶けだし、なめらかに熱をおびてきた。たちまちアラナは彼に身をゆだねた。リースの心に男としての勝利の炎が燃えあがった。頭では覚えていないかもしれないが、彼女の体はぼくを覚えている。ひしと抱きあうと、アラナが同じように激しく舌をからませてきたことからも、それがわかる。

リースが身を引くと、アラナはくぐもった声をあげた。

リースは肘をついて体を起こし、彼女のほてった顔をのぞきこんだ。

「アラナ、ぼくはもうキスだけでは我慢できそうにない」理性にすがって彼は話していた。「もしもやめてほしいのなら、そう言ってくれ」

アラナは何も言わなかった。ただ彼を見上げるばかりだ。

リースはうめき声をこらえた。アラナの胸の先端がシルクのパジャマを押しあげている。彼女の体がぼくを求めているのはたしかだ。でも、心はどうだろう？　今、彼女は正気だと言えるだろうか？　誰でもいいから慰めてくれる人を欲しがっている彼女を利用することにはならないか？

アダムとイブの時代から、男と女はセックスを慰めの道具に使ってきた。

「何か言ってくれ」さし迫った欲求に、リースの声がざらついた。

彼女がやめてほしいのなら、やめるつもりだ。心から愛しているアラナを、精神的にも肉体的にも傷つけることなどできない。

「ええ」アラナが低い声でつぶやいた。

ええ？　ええとは？

リースはうめいた。「やめてほしいのか？」

「いいえ！」

いいえ！

リースの体はその答えに飛びついた。アラナはやめてほしくないのだ。

女性に受け入れられることが、これほど大きな意味を持ったのは初めてだった。

「ああ、アラナ」リースはつぶやいた。彼女の愛らしい頬を撫でる手が小刻みに震える。もう少しで愛していると言ってしまうところだった。リースは言葉をのみ、唇を近づけた。

アラナの許しを得たおかげで、リースのさし迫った欲求はおさまっていた。アラナに喜びを与えることだけを考えよう。言葉に出さないで、アラナに愛情を伝えよう。

男に関するナタリーの考えは正しい。男は愛を体で伝えるほうが得意だ。そして、それがもっとも効果的なのだ。たいていの男は情緒的なしぐさや言葉で表すことが下手なばかりか、嘘《うそ》や偽りを隠すためにそれを使うことさえある。一方、愛を交わせば、男の本当の気持ちが動きに表れる。

最近までリースは、アラナに対する気持ちは大部分が欲望なのだと思っていた。だが、もはやそれは真実ではない。今夜は変わったことをするつもりはなかった。彼女に何かをさせるつもりもない。ただアラナを愛したいだけだ。

リースが顔を離すと、アラナはどきっとするような目で見つめていた。彼女が抵抗や動揺を見せないか気づかいながら、リースは彼女が着ているパジャマの小さなパールのボタンを外していった。

アラナは深く息を吸ったが、何も逆らおうとしない。

最後のボタンでリースは少し指を休め、アラナの胸が見えると息を止めた。

まるで、初めて彼女の体を目にしたときのような感じだ。初めて反応したときのような。

リースの右手が胸の頂に軽く触れると、アラナがはっと息をのんだ。リースは、先を続けていいか確認するため顔を上げた。

アラナは見開いた目で見つめていた。唇をわずかに開け、浅く速い呼吸をしている。

それに勇気を得て、リースは彼女の右の胸に唇を寄せ、そっと舌を這《は》わせた。

アラナがあえぎ、身をのけぞらせた。

リースはふたたび顔を上げた。彼女はきつく目を閉じていたが、唇はさらに開いている。

それをいい兆しと受け止め、リースは彼女の胸に注意を戻した。唇で両方の胸を探っては、優しく口に含み、舌でもてあそぶ。

アラナが悩ましげな声をあげると、リースはぞくっとし、ますます高ぶった。優しく慎重にと頭では思っても、体が言うことを聞きそうにない。

それでも彼は優しく慎重に続けた。

驚いたことに、耐えきれなくなったアラナが彼の着ているサテンのボクサーショーツを押しさげ、自分のパジャマのズボンに手をかけた。

リースは喜んで彼女の望みどおり自分の着ているものを脱ぎ、大急ぎで彼女も脱がせた。

「いいんだね、アラナ?」抑制がきかなくなる前に、彼は最後の確認をした。

「ええ」アラナが手を伸ばしてきた。

結ばれた瞬間、二人は息をのんだ。自分の内側からあふれ出た感情に、リースは衝撃を受けた。

こんな感覚を味わったのは初めてだ。

「目をつぶらないでくれ」リースはかすれた声で言い、体を動かしはじめた。

アラナは目を閉じなかった。見開いた目がいっそう大きくなる。

リースはゆったりとしたリズムを保ち、できるだけ大きな動きで彼女の奥まで入っていった。彼はアラナから目を離さなかった。彼女の顔に喜びが見える。興奮も。彼の気持ちも張りつめていた。

頼む、先に彼女が絶頂を迎えてくれ。

「リース」ふいにアラナのかすれた声がした。

彼は動きを止めた。

「だめよ、だめ」アラナが切ない声をあげる。「やめないで、お願い」

リースはほほ笑んだ。「いとしい人《ベイブ》、きみがそう言うのなら。さあ、ぼくと一緒に動いて。流れに身をまかせるんだ」

アラナはすぐに絶頂を迎え、体を弓なりに反らして粉々に砕け散った。

それに応《こた》えてリースの喉から叫び声がもれた。肩が震えだす。彼も大きく身を反らした。体とともに心も爆発した。

アラナのなかで包まれているあいだに、リースは、二人が分かちあったこの経験にまさるすばらしい事実に気づいた。今日は、アラナがキッチンのカレンダーにいちばん大きな赤い印をつけていた日だ。子供を宿す可能性がもっとも高い日。

アラナはぼくを思い出してくれないかもしれない。愛してくれることはないかもしれない。

でも、今夜こそぼくの子を宿したはずだ。
リースはそう確信した。

14

アラナははっと目を覚ました。そしてすっかり思い出した。

「ああ！」彼女は大きな声をあげた。喜びと安堵《あんど》感に鼓動が速くなる。「ああ、神さま、ありがとうございます」

信じられない。何もかも思い出したのだ！

しかも、ここ数日悩まされていた混乱と不安は跡形もなく消えている。もう恐れは感じない。自分が誰かわからない状態でもない。ふたたびもとの自分に戻ったのだ。

リース！　リースに教えなければ！

だが、ベッドに彼の姿はない……。

「まあ！」ベッドサイドの時計を見てアラナは驚いた。九時十五分。

リースは仕事に出かけてしまったに違いない。アラナは少しがっかりした。一刻も早く彼に伝えたいのに。

そのとき、時計の横にリースの名刺が立てかけてあるのに気づいた。

リースは以前からこんなふうにメモを残すことがあった。アラナは名刺をつかんで裏を見た。

「きみがぐっすり眠っていて、うれしいよ」彼女は声に出して読みあげた。「昼ごろ電話する。のんびりしていてくれ。愛をこめて、リース」

喜びのため息がもれる。アラナは時計に向けた視線を、リースが眠っていた場所に移動させた。彼の頭のくぼみが残る枕《まくら》を見つめる。

彼が優しく愛してくれたおかげかしら？　事故に遭ってからずっととらわれていた恐怖心を彼がとり除いてくれたの？　だから、こんなにもリラックスしてぐっすり眠れたの？

きっとそうよ。

リースは心から喜んでくれるだろう。自分を思い出してくれない妻と結婚生活を続けるのは、楽なことではない。それなのに彼はとても親切で思いやりがある。

電話しよう。彼に感謝を伝えなければ。

受話器に手を伸ばしたとき、急にアラナは恥ずかしく、落ち着かない気分になった。ゆうべの自分の行為を思い出して、顔が赤らむ。

まずは恐怖で泣きだし、リースにしがみつき、そして熱い思いに身を震わせた。その情熱は驚くほど激しかった。

驚きはしたものの、意外ではないとアラナは思った。

ゆうべの彼女は、まだリースが服を着ているうちからセクシーな思いをいだいていた。そのあと、彼はなかば裸で隣に横になり、しっかり抱いて誘うように背中をさすってくれた。彼にキスされたときには、たとえ命がかかっていようと、もう拒むことはできなくなっていた。

あのとき、アラナは自分の感情にびっくりした。けれど、記憶が戻った今では、リースに対する肉体的な反応は潜在意識のせいだとわかる。ダルコとかかわらなければそうなっていたはずのアラナがようやく顔をのぞかせたのだ。

記憶をなくしてもそのアラナは消えず、抑制から解放され、いつでも愛を交わす用意ができていたのだ。今朝になって、どぎまぎすることはないわと彼女は自分に言い聞かせた。少しも恥ずかしがる必要はない。

正直に言えば、すばらしい経験だった。リースは本当にすばらしかった。それに気づかないふりをするわけにはいかない。母が言っていたことは正しかった……。

「まあ、大変!」アラナは思わず声に出した。母のことを忘れていた。かわいそうな母を。小さくうめき、受話器をとりあげる。リースに電話するのはあとでもいい。まずは母に電話して謝らなければ。

「お母さん、ごめんなさい!」母が出るとすぐにアラナは言った。

「アラナ!」母はほっとすると同時に心から喜んでいるようだった。「記憶が戻ったのね！」

「そうなの。今朝起きたら、すべてがもとに戻っていたの。ああ、お母さん、会いたくないなんて嘘《うそ》よ。ごめんなさい。許してくれる？」

「ばかなこと言わないで。リースが状況を説明してくれたから、何もかもわかっていたわ」

「ならいいんだけど。もしもお母さんを傷つけていたとしたら、ごめんなさい。ダルコが死んで、そっちに戻ったとき、お母さんはとても親切にしてくれたわね。お母さんがいなかったら、わたし、どうなっていたかわからない」

「わたしがいなくても大丈夫だったわよ。あなたはとても強いもの、アラナ」

「そんなことないでしょう？　わたしは三年もひどい男のもとにとどまっていたのよ。別れるべきだったのに」

「愛していたのよ」

「最初のうちだけは……」

「あなたもわたしも、なぜ別れなかったのか、わかっているはずよ。理解するために、あの経験が必要だったのよ」

「そうなんでしょうね。もしわたしが……」

「もうよしなさい」母親が制した。「昔のことを蒸し返してもしかたがないわ。前進しなければ。今はすてきな生活があって、すばらしい夫がいるんだから。リースはあなたを大切に思っているわ。過去は忘れて、今とこれからのことを考えなさい」

「そうするわ」アラナは時計を見た。九時四十分。突然、頭の隅で警鐘が鳴りだした。

「大変！　すっかり忘れてた。もうすぐお客さんが来るのに、まだ着替えてもいないわ」

着替えていないどころか、アラナは何も身につけていなかった。またもやゆうべのことを思い出してしまう。

「それじゃ」母が言った。「記憶が戻ってよかったわ。リースにもよろしく伝えてね」

「わかったわ、お母さん、またね」アラナは電話を切った。

ナタリーが来るまで二十分。

時間がない。

ベッドの、リースが眠っていたくぼみの残る部分に寝ころんで、ゆうべ彼と愛を交わしたときの感覚を思い出している場合ではない。アラナは今でも彼を感じることができた。彼女の奥深くまで入ってくるのが感じられる。

息が荒くなってきた。おなかがきゅっと引きつる。アラナは体のわきで拳《こぶし》を握りしめた。

リースに電話したい。会って直接話したい。彼の近くにいたい。

今夜まで待てない。

だけど、まずは服を着て、ナタリーに帰ってもらわなければ。もう彼女に来てもらう理由はなくなった。アラナは〈求む、妻〉を訪ねたとき自分がどんな女性だったか、はっきり思い出した。

犠牲者の立場から抜けだして生きる道を歩みはじめた女。プライドを持った女。自分の人生に必要なものを手に入れると誓った女。

経済的な安定、そして肉体的魅力があり、敬意を払ってくれる夫を手に入れる。

それから赤ちゃんも。

アラナの背筋が伸びた。

赤ちゃん！

服のことなど気にしていられなくなった。アラナは大急ぎで階下のキッチンに向かった。冷蔵庫わきの壁にカレンダーがあり、人との約束や社交の予定、妊娠しやすい日が記してある。

きのうの日付に大きな赤い丸印がついていた。それを見て、心臓が口から飛びだしそうになった。

ゆうべはもっとも受胎しやすい日だった！

リースは知っていたかしら？

たぶん知らないだろう。彼は熱心に赤ん坊を欲しがっているわけではない。アラナを喜ばせるために、家族を作りたいという彼女の考えに従っているだけではないか。そう感じることもあった。

大きな赤い丸印をもう一度見ているうちに、ぞくぞくするような喜びがこみあげてきた。リースには何も言わないほうがいいかもしれない。今のところは。そもそも、いつものように期待しすぎるのはよくない。

でも予感がする。とてもいい予感が。

アラナは両手で優しくおなかを撫《な》でた。

「そこにいるの、赤ちゃん？」そっとおなかにささやきかける。「ねえ、いるんでしょう？　ママよ。パパはお仕事に行ってるの。これから会いに行きましょうね。フェリーに乗って」急いでキッチンを飛びだしていきながら、彼女は大声で言った。「車で行くより速いもの。あなたが船酔いしなければいいけど……」


十時きっかりに、ナタリーはダイヤモンド家の屋敷の前にゆっくり車を止めた。彼女は時間厳守を鉄則としていた。それが成功の鍵《かぎ》になるわけでもないけれど。最近では時間を守る人が少なくなった。遅刻した相手に文句を言うと、細かいことにこだわりすぎだとか、そんなのナンセンスだとか言われてしまう。

〝きみの問題は、人生をまじめに考えすぎていることだ〟かつて恋人に言われたことがある。

そうなのかもしれない。でも、人生最良の時期を捧《ささ》げた相手が既婚者で二人の子持ちだったと知って激怒するのは、非常識だとは思わない。

ナタリーは三年前に〈求む、妻〉を設立した。お金を稼ぐためというより、自分を癒《いや》すためだった。女性会員と、子供を作って家族を養う能力のある男性会員との縁組を成立させるたびに、ナタリーは最高の満足感をおぼえる。

自分でもそんな男性を見つけたいと思ったこともある。

だが残念ながら、かつて深く愛した男性に裏切られた経験が、彼女の優しかった性格に陰りを生じさせ、男性から敬遠される冷たく皮肉っぽい女になってしまった。

自分は他人の仲をとりもって一生を送る運命なのかもしれない。たしかにこれは天職と言えそうだ。

そんなことを考えながら、ナタリーはダイヤモンド家の玄関ベルを押した。ダイヤモンド夫妻は、数多い成功例に入るカップルだ。

ドアに誰も現れないので、ナタリーはもう一度ベルを押した。掃除の人は掃除機をかけているか、二階にでもいるのだろうか。こんなに大きな家だとは知らなかった。アラナは本当によくやっていたと感心する。

そのとき、さっとドアが開いた。掃除の女性ではなく、アラナ本人が立っていた。ジーンズ姿で化粧もしていないのに、とても華やかに見える。

「ごめんなさい、ナタリー、無駄足を踏ませてしまって」アラナがにっこり笑った。「説明しないとわからないわね。一時間ほど前にすばらしい眠りから覚めたばかりなの。戻ったのよ、記憶が」

「まあ、よかった！」ナタリーはアラナのために心から喜んだ。彼女はアラナが好きだった。「リースも喜んでいるでしょうね」

「まだ彼には話してないの」

ナタリーは驚いた。記憶が戻って一時間もたつと言っておきながら、まだ話していないとは。電話することもできなかったの？　リースはアラナを愛しているのに。まったく。あれほど愛されることがどんなに幸せか、アラナはわかっていないのかしら。ナタリーは彼女に話してしまおうかと思った。だが、やはり言わないでおいた。約束は守らなければ。リースの言うとおり、アラナは愛されたいと思っていないのだ。

その原因はわかっている。そしてナタリーは心から共感できた。彼女の恋人ブランドンも、いつまでもきみを愛しつづけると言った。ナタリーは彼を信じていた。彼の言うことは何もかも信じた。一緒に過ごす時間を作れない理由も、結婚を先延ばしにしなければならない事情も。

すべてが嘘だった。

肉体的に傷つきはしなかった。だが、心の傷は思った以上に大きかった。また誰かが愛してくれるとは信じられない。

アラナは愛されることに恐怖をいだいている。その気持ちは理解できる。残念だ。リースはあんなにいい人なのに。

「あなたの考えていることはわかるわ」アラナが言った。「どうしてリースに電話しないのかと不思議なんでしょう？　実は……彼に直接話したほうがいいと思ったの」

ナタリーは驚きに目をしばたたき、まじまじとアラナを見た。「あなたにしてはロマンティックな考えね？」

以前の面接で、ナタリーはアラナの人柄をつかんでいた。ロマンスに関しては冷ややかな態度をとるところが自分に似ていると思っていたのだ。

アラナが笑った。「今日はロマンティックな気分なの」声が明るくはずんでいる。彼女の目に輝くまぎれもない幸福感に、ナタリーは衝撃を受けた。

そして、ふと思いあたった。

アラナは夫を愛していることに気づいたのだろうか？　だとしたら、リースに怒られるのを覚悟で、彼もアラナを愛していると教えるべきかしら？

ナタリーが迷っていると、アラナが続けた。「本当はなかに入ってとお誘いするべきなんだけど、でも出かける支度をしたいの。次のフェリーに乗るためには、あと四十分しかないから」

アラナは自分で真実に気づくだろう。ナタリーは決断した。結婚紹介サービスから、よけいなお節介にまで手を広げる必要はない。

だが、もしもこのあと何が起こるか知っていたら、ナタリーは別の行動をとったはずだった。

「気にしないで。出かける支度をしてちょうだい。記憶が戻ってよかったわね、アラナ。リースによろしく伝えて」

「ええ。どうもありがとう、ナタリー。本当にごめんなさいね」

「謝る必要はないわ。すっかりわかっているもの」

15

海からの風がアラナの髪をなびかせている。だがそんなことは気にならない。彼女の髪はさっと櫛《くし》を通せば美しいウエーブが戻る。

アラナはフェリーの前方デッキに立っていた。もっと速く進んでほしい。リースのことも、二人の結婚生活のことも何もかも思い出したと、一刻も早く彼に伝えたい。

サーキュラー・キーに着き、フェリーの乗降通路を降りるときになって、もしかしたらリースはオフィスにいないかもしれないと気づいた。ビル建設プロジェクトが完了し、次の仕事が始まるまで余裕がある時期だけれど、彼は購入を考えている物件の査定に出かけているかもしれない。仕事を依頼する建築家や技術者、もしくは顧客とランチに行っている可能性もある。

リースはいつもそんなふうに忙しく働いている。

だが、ランチの時刻にはまだ少し早かった。彼は一時より前に昼食をとることはほとんどない。まだ十二時だし、彼のオフィスのビルは歩いてすぐのところだ。きっとデスクに向かっているリースをつかまえられるだろう。

とはいえ、行き違いになる可能性もある。すれ違う男性が振り返って見ていることなど気にもとめず、アラナは足を速めた。

リースのオフィスビルの向かいで信号が赤になった。アラナは立ち止まり、いらいらと足を敷石に打ちつけた。

信号が変わるのを待つあいだに、十二階を見上げる。リースがあそこにいますように。彼がいなければ、携帯電話で連絡はとれるけれど、でも電話で話すのと直接話すのはやはり違う。

ようやく信号が青になり、アラナは急いで歩きだした。

リースと会うために今日は新しい服を選んでいた。短いタイトスカートに七分袖《そで》のジャケットを組みあわせた焦茶色のスエードスーツは、袖を通さずにしまってあったものだ。ジャケットの下に着た、体の線があらわになるキャメル色の薄手ニットは、小ぶりの胸を大きく見せてくれる。そして黒いショートブーツと、しゃれた木の持ち手がついた黒いバッグを合わせた。

化粧はほとんどしていなかった。日中はたいてい、日焼け止めクリームしか塗っていない。今日はブロンズ色の口紅と、瞳の色に合わせた緑のアイシャドーをつけた。あとは、黒いマスカラを少し塗っただけだ。

通りを渡り、反対側の歩道に着くころには、胸が高鳴っていた。早歩きとリースに会える期待感で、脈拍が速くなっている。ビルの一階には、たまにリースと立ち寄る、はやりのコーヒーショップがあった。アラナは店の前を通り、ガラスの回転ドアを押してビルのなかに入った。

黒と白のタイル張りのフロアを進み、大きなホールの奥に並ぶエレベーターに向かいながら、何げなく右手を見た瞬間、心臓が止まりそうになり、アラナはその場から動けなくなった。

ホールとコーヒーショップを仕切るガラスの向こうに、夫が座っている。女性と一緒に。ブロンドの女性だ。

ケイティではない。リースが受付係兼秘書のケイティとコーヒーを飲んでいるのなら、別に気にならない。

だが、夫と向かいあって座るブロンドの女性を見たとき、アラナのうなじに冷たいものが走った。

クリスティン。リースの元婚約者。

面識はないけれど、リースと結婚した直後、彼のデスクに置いてあった写真を見たことがある。額に入っていたわけではなく、隠してあったわけでもない。アラナがきくと、リースは悪びれた様子もなく教えてくれた。

当時は、リースが元婚約者の写真を持っていてもそれほど気にならなかった。彼の個人的な問題だから。アラナは愛情からではなく、便宜結婚をしたわけだし、夫にあれをしてはだめ、これをしてはだめと言うつもりはなかった。

それでも、夫がかつて激しく愛した女性には興味があり、じっくりと写真を眺めてみた。とてもセクシーな女性だった。ボリュームのある鮮やかなブロンド、大きな目、豊かな唇の持ち主。

アラナは、ガラスの仕切り壁の向こうに座る女性から目が離せなかった。クリスティンがテーブル越しに手を伸ばし、リースの手に重ねる様子に視線が釘《くぎ》づけになる。とても親密な雰囲気だ。リースは手を引っこめようとしない。

胸のなかを感情の嵐《あらし》が吹き荒れ、アラナは息もできなくなった。激しい嫉妬《しっと》に見舞われ、苦痛に襲われる。

リースはわたしの夫。わたしのもの。わたしの愛する人。

誰かほかの人と共有するつもりはない。わたしは彼を愛している。

それに気づいてアラナは愕然《がくぜん》とした。

リースを愛するようになるとは思いもしなかった。しかも、こんなに激しい嫉妬によって愛に気づかされるのはいやだった。

そんな愛は災いを招くだけだ。心をねじ曲げ、人生を破滅させる。

なのに、嫉妬はやめなさいとどんなに自分に言い聞かせても、妬《ねた》ましさはますます強まり、こわばった胸の内側から怒りの炎が燃えあがるばかりだ。

それでも、リースは何もやましいことはしていないのかもしれない、と考えてみようとした。昔の恋人とただコーヒーを飲んでいるだけ。しかも、ここは公共の場所だ。真っ昼間から女性をホテルの部屋に連れこんでいるわけではあるまいし。

それに、手を重ねているのはクリスティンのほうだ。きっと彼女はスキンシップをせずにはいられないたちなのだ。

スキンシップならほかの男性とすればいいでしょう。わたしの夫にさわらないで! アラナは怒りを感じた。

乗りこんでいって、彼女の顔を引っぱたいてやりたい。心底そう思う。

そんなことをすればダルコと同じになる。ふと気づいて、アラナは恐ろしくなった。エレベーターに向かい、倒れるように乗りこむ。運よく、誰も乗っていなかった。これほど醜い顔は誰にも見られたくない。

嫉妬は醜い。そして破滅をもたらす。

エレベーターが十二階に止まるころには、なんとか落ち着きをとり戻していた。アラナは〈ダイヤモンド・エンタープライズ〉のオフィスに向かって歩きだした。ふだんと変わりなく見えることを願いながら。

「こんにちは、ケイティ」ドアを開けたアラナは明るく挨拶《あいさつ》した。

受付のケイティは驚いたようだ。「アラナ！　わたしがわかるのね！」

「ええ。記憶が戻ったの。よかったわ」

「本当によかった。いつの話？」

「今朝、起きたときに。リースに電話しようかと思ったけど、ここへ来て驚かせることにしたの」

ケイティの顔に不安な表情がよぎったが、とくに意味はないのだとアラナは思いこもうとした。

「リースは……あの……今、ちょっとオフィスにいないの。コーヒーを飲みに出ているのよ。でも、すぐに戻るわ。携帯電話で、あなたが来ていることを伝えるわね」

アラナは無理して笑みを浮かべたが、自分でも引きつっているのがわかった。女性秘書とは、こうやってボスをかばおうとするものなの？　ケイティはリースのためにいつも嘘《うそ》をつくのだろうか？　わたしたちの結婚後、これまでにも彼を助けたことはあったの？もしかしたらリースはこっそり浮気を続けていたのかもしれない。

その可能性はある。

彼はわたしを愛していないのだから。

「ええ、お願いね」アラナは礼儀正しい口調に聞こえるよう願った。突然ケイティに対して芽生えた敵意が表れていませんように。「彼のオフィスで待つわ」アラナはまっすぐオフィスに入り、ぴたりとドアを閉めた。

しばらくひとりになって気持ちの整理をする必要があった。冷静に行動できる自信はない。

でも、リースが戻ってくるまでに落ち着きをとり戻さなければ。どこで誰と一緒だったか問いつめたら、二人の関係はおしまいだ。そんなことをしたら、リースは許してくれないだろう。別れが訪れるかもしれない。

リースを失うのは、彼を愛することよりもっとつらい。愛する気持ちを隠して、嫉妬を抑制しなければ。そもそも、相手がクリスティンにしろ、ほかの女性にしろ、彼が不誠実だったという証拠は何もないのだから。

もしも彼にやましいところが何もないのなら、クリスティンとコーヒーを飲んでいたと話してくれるに違いない。

きっと、戻ってきたときに。

アラナは髪を整え、オフィスのなかを行ったり来たりし、それから窓の外の景色を眺めた。だが頭に浮かぶのは、リースはいつになったら愛するクリスティンと別れて戻ってくるのだろう、という思いだけだった。彼はこの真下にいるのだ。さよならを言って、ここまで上がってくるのに、どれだけ時間がかかるだろう?

やがて、勢いよくオフィスのドアが開いてリースが入ってきた。相変わらず、ほれぼれするほどすばらしく、ハンサムな顔は輝き、アラナの訪問を喜ぶ気持ちが見てとれる。「アラナ！　今日はいちだんときれいだ！」リースはドアを閉め、近づいてきた。「それに、記憶が戻ったんだって？」

リースに抱きしめられ、アラナはわずかに身をこわばらせた。彼の手はジャケットの内側に忍びこんでいる。

「どうして知っているの？」アラナは鋭く問いかけた。「ケイティから聞いたの？」リースはにやりとし、彼女を引き寄せた。「いや、推理したんだ。記憶が戻っていなければ、ぼくのオフィスがどこかわからないはずだろう」

「残してくれた名刺に住所が書いてあったわ」アラナの口ぶりはそっけない。

一瞬、リースは驚いた顔をしたが、すぐに笑いだした。「意地悪くからかうのはやめてくれ。すべて思い出したんだね。そうでなければ、おしゃれして会いに来てくれるはずがない。もとのアラナに戻ったんだ。新しいアラナでもあるけど」ささやく声が低くかすれている。

彼にキスされた瞬間、アラナは嫉妬を忘れたが、それもつかの間、唇が離れたとたん、嫉妬はさらに深まり、彼女の心をえぐった。

「あなたがここにいなくて、がっかりしたわ」思わずアラナは言っていた。「どこにいたの?」

「ちょっと階下《した》でコーヒーを飲んでいたんだ」

「ひとりで?」

「いや、古い友人と」

「あら? 誰?」

「きみの知らない人さ」

事実をねじ曲げた彼の言葉がアラナの心に突き刺さり、血の涙が流れた。

「ランチを食べに行かないか。〈ロックプール〉がいい。ケイティに予約させるよ」

アラナは唇を噛《か》んだ。今が決断のときだ。クリスティンと一緒にいるところを見たとリースに突きつけるか、それとも気づかないふりをするか。

そのとき、赤ん坊のことを思い出した。ゆうべ授かったに違いない赤ん坊のことを。子供には両親が必要だ。

「アラナ?」リースが気づかわしげに尋ねた。「どうしたんだ?」

アラナは心を決めた。「なんでもないわ。ゆうべ、いちばん妊娠しやすい時期だったこと、あなたは気づいていたかしらと思って」

「もちろん気づいたさ」

リースの目に温かい光が浮かんだのを見て、アラナはほっとした。彼がクリスティンと会ったのは偶然かもしれない。クリスティンのことを言わないのも、気にする必要はないのかもしれない。

それに、もしかしたら……。

「本当にわたしたちの子供が欲しいと思っているの、リース？」

「なんておかしなことを言うんだ！　当たり前じゃないか。さあ、きみがすべて思い出したお祝いをしに行こう」

リースとともに受付の前を通り、オフィスから出ていきながら、アラナは幸せな気分に浸った。そこで、ケイティに挨拶しようと振り向かず、そのまま出ていけばよかったのだ。

受付のケイティは、大きな危機を回避できたとでもいうように、心からほっとした表情をしていた。

大きな危機とは、ボスが元婚約者といまだにつきあっている事実を妻に知られること以外に考えられない。ああ、そんな。リースは今でもクリスティンを愛しているのだろうか？

リースが愛してくれなくても、どうにかやっていけるけれど、彼がほかの人を激しく愛しているとしたら、とても耐えられない。

16

彼女は以前のアラナと少し違う。ランチをとりながら妻を見ていたリースは、そんな気がしてならなかった。陽気にはしゃぎすぎる。

彼が結婚したアラナは、冷静で自信に満ちあふれていた。しっかりと自分を持っていた。人の気を引こうとすることはなかった。

記憶をなくしたせいで、変わったのだろうか。

ダルコとの結婚の暗い思い出がよみがえったからか？　それを早く追い払いたくて、いつもより外向的にふるまっているのかもしれない。長いあいだ耐えてきた精神的犠牲者に戻るのを恐れているのだろう。それに打ち勝つには、大変な努力が必要だったに違いない。

アラナがこれまでの人生で成し遂げたことに、ぼくがどれほど敬服しているか、彼女は気づいていない。あのような過去を断ち切るのは簡単なことではないはずだ。

それに比べれば、リースが過去を断ち切るのは楽なものだった。

今日クリスティンに会っても、その事実が強調されただけだ。

突然オフィスに現れれば元婚約者をとり戻せると考えるとは、クリスティンはなんて愚かで浅はかな女なんだ。ばかばかしいことに、彼女はケイティの目の前で抱きついてキスしようとした。だから、リースは階下のコーヒーショップに連れていくことにしたのだ。

そのうえ、クリスティンはコーヒーを飲みながら彼の手をしっかり握りしめて放さないので、無理やり振り払うよりはいいだろうと、そのままにしておいた。彼女の惨めな謝罪を聞きながら、リースは驚きしか感じなかった。かつて彼女を愛していると思っていたことに驚いたのだ。

クリスティンに、まだあなたを愛しているし、あなたもわたしを愛していると言われて、リースははっきり本心を告げるしかなかった。すると彼女は泣きだした。

アラナがオフィスに来ているというケイティからの電話は、まさに天の助けだった。クリスティンに大騒ぎさせないようにするのに時間がかかり、彼女にオフィスまでついてこられては困るので、タクシーを呼んで乗せてやった。アラナに愛していると言えないにしても、彼女に対して不誠実だとは思われたくなかった。

女性は、別の魅力的な女性のこととなると、勘違いしがちだ。クリスティンがアラナの代わりになるはずもないが、それでもセクシーな女性には違いない。そんな元婚約者に、愛する妻がいるオフィスのまわりをうろついてほしくなかった。

「デザートは何にしようかしら。迷ってしまうわ」メニューを見ながら、アラナがほっそりした肩をすくめた。

「おいしくてこってりしたものがいい」リースはアドバイスした。「わたしが痩《や》せすぎだと思っているの？」

上目づかいに見るアラナの目が、急に心配そうになった。

ダルコが、いつもアラナのことを痩せすぎだと言っていたのを思い出して、リースはうめき声をもらしそうになった。

「そんなことはないよ。でも忘れないでくれ。きみは二人分食べなきゃいけないんだから」

彼の目に純粋な喜びがきらめいた。

彼女をいつも喜ばすことができるのは、この話題なのだ。

赤ん坊。

「まだ期待しすぎないようにしなくちゃ」

「どうして？　人生でいちばん大切なのは希望だろう？」いつかきっとアラナが愛してくれるとリースは希望をいだいていた。ジュディが、アラナは愛情豊かな娘だと言っていた。だから、子供が欲しくてたまらないのだ。

いつかアラナが、その愛情の残りをぼくにも分けてくれる日が来るだろう。

携帯電話が鳴りだし、リースは小さくうなった。電源を切っておくべきだった。

ポケットから電話を出して耳に当てる。「もしもし?」口調にいらだちがにじんだ。

「ジェイクです。お食事中にすみません。でも、前から購入したいとおっしゃっていたゴールド・コーストの土地の件なんです。今度の週末にそれが売りに出ると、友人から聞いたもので。明日の新聞に広告が出るそうです。今日じゅうにあちらへ行ければ、ほかの人の先を越せますよ」

「今日」リースはテーブルの向こうのアラナを見ながらつぶやいた。

「最優良物件ですよ、ボス。ビーチ至近の土地です。今は冬とはいえ、すぐに売れてしまいます」

「ああ、わかっている。でも今日はもう遅い。明日でもいいだろう?」

「ゴールド・コーストへの早朝便はないんです」

「そうだな」

「ケイティに今日の午後便を予約させましょうか? 車も。それからクーランガッタ・コートのアパートメントも」

リースは、今夜アラナをひとりにしたくなかった。とはいえ、こんなチャンスはめったにないだろう。子供が生まれるとしたら、将来のことを考えなくてはならない。その土地を購入しておけば、生涯にわたる財政上の保障となってくれる。何より、さらにいい仕事をするための資金源になる。今日は神がぼくに味方している。その恩に報いるべきだ。

「わかった」リースは答えた。

「よかった」ジェイクは電話を切った。

ポケットに電話をしまいながらリースは顔をしかめた。「タイミングが悪いな。出かけなければならなくなった。今日の午後。ゴールド・コーストへ。ひと晩の予定だが、契約がまとまらなければ、もしかすると二泊になるかもしれない」

もう少しでリースは、一緒に行こうと誘うところだった。でも、今までそんなことをしたことはないので、アラナは変だと思うだろう。

「あら」一瞬、彼女の目が陰ったが、すぐに輝きをとり戻した。「そう、しかたがないわね。仕事ですもの。母に来てもらうかもしれないわ。さっき電話して、会いたくないと言ったことを謝ったの」

「それはよかった。ぼくも気にしていたんだ」

「大丈夫。母はわかってくれたから。そういうことなら、デザートはやめにするわ」アラナはメニューをテーブルに置いた。「家に帰って荷造りしたいでしょう」

「時間がないんだ。オフィスに置いてある着替えを使うよ。もう行かなくちゃ」リースはウエイターを呼んで勘定を頼んだ。「きみのタクシーも呼んでもらおう」

「わかったわ」アラナは言った。

五分後、彼女を見送りながら、リースはかつてありがたいと思っていたものに憤りを感じていた。もう、ものわかりのいいアラナでいてほしくない。彼がどこへ行こうと何をしようと気にしないアラナはいやだ。

先週末、そしてゆうべ発見したアラナなら、一緒に連れていってほしいと頼んだに違いない。

アラナは謎《なぞ》だ。これまでも。そして彼女についていろいろわかった今でも、リースは彼女を完全には理解することができなかった。

それでも愛している。こんなに愛せると思っていなかったほどに。たったひと晩でも、彼女と離れたくない。

いまいましい仕事を明日じゅうに片づけて、明日の夜には必ず帰ろう。そうでなければ、リース・ダイヤモンドの名がすたる。

17

ゆっくりと午後が過ぎていくにつれ、アラナの不安は高まっていった。何も手につかない。彼女は出かけたときと同じ服のまま、家のなかを歩きまわった。リースがゴールド・コーストへ行ったのは、土地購入のためではなく、クリスティンとロマンティックな情事を楽しむためだという思いばかりが脳裏をよぎる。

彼女とコーヒーを飲み、その日のうちにあわただしく出張に行くなんて、偶然とは思えない。

こっそり忍び寄る虫のようにアラナのなかで嫉妬《しっと》心がうごめく。

それでも嫉妬は大嫌いだった。

ダルコは、結婚初夜にアラナがバージンではないとわかった瞬間から、嫉妬にとりつかれていた。彼は嫉妬の病に冒され、理性を失い、しまいには暴力的になった。

「でも、これは違うわ。ダルコには嫉妬する理由はなかったけど、わたしにはあるもの！」

リースはわたしを愛していない。それが問題だ。

アラナはうめいた。夫があの女性を抱いていると思うと耐えられない。一秒でも許せないのに、ひと晩、もしかしたら二晩も。

そのとき別の考えが浮かんだ。これが初めてではないかもしれない。そんなに長い結婚生活ではないけれど、リースはたびたび出張に行く。クリスティンが一緒に行ったときもあったのでは？　もしかしたら、いつも一緒だったかも。

だったら、なぜわたしと結婚したの？

アラナはこの前の土曜日にマイクと交わした会話を思い出した。マイクなら、リースとクリスティンの関係をよく知っているだろう。

マイクに教えてもらおう。アラナはキッチンへ行き、受話器をつかむと、二番目の登録番号を押した。リースの親友の番号は登録されている。リチャードが一番目、マイクが二番目に。

すぐに応答はなく、アラナはいらだった。じきに留守番電話に切り替わるだろう。そうしたら電話を切るつもりだった。

「マイク・ストーンだが」

「ああ、マイク。家にいてくれてよかったわ」

「アラナ？　きみかい？」

「ええ、そう。わたし……」

「記憶が戻ったんだね！」マイクが叫んだ。

アラナは顔をしかめた。「リースが話したのね」

「ああ。ひどく心配していたよ」

「そうなの？」

アラナのつれない返事に何かを感じて、電話の向こうでマイクは沈黙した。

「その話はしたくないの」ぶっきらぼうな調子でアラナは続けた。「ねえ、マイク。この前の結婚式でのこと、覚えているでしょう。クリスティンがリースを捨てたときに何があったのか話してくれなかったわね。今すぐ教えて。どうしても知りたいの」

「アラナ、ぼくは……」

「リースは彼女とどこかへ行ってしまったんじゃないかと思うの。クリスティンと」

「なんだって？　とても信じられないよ」

「今日、街で二人がコーヒーを飲んでいるのを見たの。とても親密に見えたわ。わたし、記憶が戻ったことを言いにリースのオフィスへ行ったの。そのあと、彼とランチを食べていたら電話がかかってきて、急に仕事でゴールド・コーストへ出かけなければならなくなったって言うのよ。そんな偶然、信じられるわけがないわ。リースは今でも彼女を愛しているんでしょう？」

「いや、冗談じゃない。リースが彼女を愛しているなんて、考えられないね」

「二人のあいだに何があったのか教えて」アラナは食いさがった。

マイクがため息をつく。

「ねえ、教えて、マイク。リースがわたしと結婚した理由も。あなたならわかるでしょう」

「まいったな。もう過去の話だ。あのころから状況は変わった。リースは変わったんだよ」

「マイク、彼を守ろうとするのはやめて。はっきり教えて。わたしは真実にきちんと対処できるわ。嘘《うそ》には耐えられないの」

返事はない。

「マイク、お願い」アラナは頼みこんだ。

「ああ、わかったよ」マイクは不満そうなため息をもらした。「でも、きみは見当違いの非難をしていると思うよ」

マイクの話はこうだった。二人が別れた日、クリスティンとリースは朝から晩まで、たいていの男性は夢でしか味わえないような愛の交歓にふけった。そのあとクリスティンはベッドから出て服を着ると、冷たく別れを告げた。これからは、あなたはわたしを思いながらひとりベッドで過ごすことになるわね、と。

　最後に彼女はドアを出ていきながら、まだ彼を愛していると言った。

「まだ愛しているのなら、どうして別れたの？」アラナにはわけがわからなかった。

「リースは、全財産をつぎこんだ広大な土地を売却しようとしなかったんだ。その税金を支払わなければならなくて、彼は破産に追いこまれつつあった。損を覚悟のうえで売却することもできたのに、リースは売らなかった。あと一、二年もすれば、その土地の価格が上がるからと言ってね。彼は少しのあいだなら貧乏になってもかまわなかったんだろう。だけど、クリスティンは違った。彼女はいい暮らしがしたかったんだ。待っていれば、両方とも手に入ったのに。リースも、いい生活も」

「そうなの。それで、わたしと結婚したのは？」アラナは悪い予感をおぼえた。

「最初のうちは、クリスティンに対する復讐《ふくしゅう》のつもりだったんじゃないかな。彼女がいなくても問題なくやっていけると見せつけるために。それに彼女を嫉妬させたかったんだろう。リースが味わったのと同じ嫉妬を」

「嫉妬？」アラナはぼんやりと繰り返した。

「きみはクリスティンより美人だ。リースがきみみたいに魅力的な人と結婚したところを見せれば、クリスティンの鼻をへし折ることができる」

　アラナはがっかりした。だからリースはあんなドレスを着せたがったのだ。新聞や雑誌にわたしたちの写真が載ると喜んだのもそのせいだ。

すべてクリスティンに対する当てつけだった。

「今のリースはそんなこと考えていないのはたしかだよ」マイクはあわてて続けた。「きみとぼくが踊っていたら、すごく嫉妬していたじゃないか。もうクリスティンなんかに少しも関心は持っていないのさ。賭《か》けてもいい。そうだ、ぼくがリースの携帯電話に電話してみるよ」

「だめ。やめて、お願い。電話しないで。こっちの事情だもの。もしくはリースの情事かしら」アラナは面白くもなさそうに笑った。「わたしが自分でなんとかしなきゃいけないのよ。あなたはよけいな口出ししないと約束して」

「でも……」

「約束して！」

「きみがそんなに強いとは思わなかったよ」

「わたしは逆境にも負けないわ、マイク」

言葉だけは勇敢だが、今のアラナは逆境に勝てるとはとても思えなかった。新たな犠牲者になった気がする。

けれど、これは一時的なことだ。たとえ自分の心のなかだけだとしても、アラナは二度と恐怖心とともに生きるつもりはなかった。嫉妬もごめんだ。とくに自分が嫉妬するのは。

彼女は真実に立ち向かうつもりだった。

行動するときが来たのだ。

「じゃあね、マイク」

「その前に約束してくれ」

「何を?」

「きみが間違っていたら、電話をくれ」

18

アラナがどこにいるか、リースにはつかめなかった。チェックインしてすぐ自宅に電話を入れたが、応答はなかった。携帯電話にかけても、電源が切られていた。メッセージを残したのに、彼女から電話はない。どうも変だ。

二人はつねに一緒というわけではないにしても、出張中は連絡を絶やさないようにしている。それにアラナが木曜の夜出かけることはない。ひとりきりで出歩くことも。きっと休んだ分をとり返そうと、ジムで長時間エクササイズをしているのだろう。もしくは、母親に会いに行くことにしたか。

リースはジュディに電話をかけて確かめようかと考えたが、少しやりすぎだと思い直した。かつてアラナが結婚していた、おぞましい男のように、朝から晩まで彼女の私生活を探るようなまねはしたくない。

シャワーを浴びてベッドで本でも読もう。空港で買って飛行機のなかで読みかけたベストセラーの本がある。

ドアをノックする音が聞こえた気がして、リースはシャワーの湯を止めた。ホテルのバスローブを羽織り、顔にかかる濡《ぬ》れた髪を手櫛《ぐし》で整えながら、彼は寝室を抜けて居間に向かった。

たしかに誰かがノックしている。

「誰だ?」いぶかりながら、リースはドアの向こうに声をかけた。ホテルの従業員なら用件を告げるはずだが、ルームサービスだとも、部屋の掃除だとも言わない。

「リース、わたし」思いもかけない答えが返ってきた。「アラナよ」

「アラナ!」リースはあわててチェーンを外し、ドアを開けた。

美しいアラナが緊張した面持ちで立っていた。

喜ぶべきなのか心配すべきなのか、リースにはわからなかった。

「いったいここで何をしているんだ?」思わず彼は言った。

「八時二十分の飛行機で来たの」アラナは答えながら、妙な顔つきでリースを頭から爪先までじろじろ眺めている。

別に性的な意味合いはなく、値踏みするような目つきだ。

リースは引きつった笑いをもらした。「でも、いったいどうして?」

「なかに入るよう言ってくれないの?」

彼女の冷たい口調に、リースは驚いた。

返事も待たずにアラナは彼のわきを抜け、左に曲がって、まっすぐ寝室に向かった。なるほど、そういうことか。アラナは、ぼくが誰かと一緒に泊まっていると思い、現場を押さえようとやってきたのだ。

なんてことだ！

リースはあわててドアを閉め、彼女のあとを追った。

アラナが入っていったのは典型的なホテルの寝室で、浮気相手が隠れられる場所はいくつでもあった。彼女はきょろきょろとあたりを見まわして顔をしかめている。

「バスルームも調べたらどうだ？　シャワーカーテンの後ろに誰か隠れているかもしれないだろう」言われたとおり、アラナはバスルームに入っていこうとする。リースは小声でつぶやいた。「もしもシャワーカーテンがあるならね」

赤みがうせたいつもより青白い顔でアラナが寝室に戻ってきた。リースはほっとした。

「あなたひとりなのね」アラナは意外だという顔をしている。

「そう言いきれるかい？」悔しまぎれにリースはアラナをからかった。「彼女はあとから来るかもしれないさ。それが誰かは知らないけど」

「クリスティンに決まっているでしょう。あなたが今でも愛している人よ」

「クリスティン？　冗談だろう。ぼくはクリスティンなんか愛していないのに」

アラナの頬に赤みが戻った。「嘘《うそ》をつかないで。二人でいるところを見たのよ。今日。

手を握っていたじゃないの」

「彼女が握ってきたんだ。彼女には本当に我慢できない」

アラナは目を見開いた。「我慢できない？」

「ああ。ぼくは……」

リースは口をつぐみ、彼女をじっと見つめた。

ふいに、アラナがいつもと違う行動をとった理由に思いあたった瞬間、リースはついに望みがかなったと思った。このすばらしい瞬間をぼくは決して忘れないだろう。

「きみは嫉妬《しっと》しているんだな」彼の声には、驚きとともにわきあがる喜びがあふれていた。

アラナは眉をひそめた。その顔が苦しげにゆがんだ。「わたし……間違っていたのね」

「いや、間違っちゃいないさ、ダーリン」リースは前に出て彼女を抱きしめた。「きみはこれ以上ないほど正しいことをしたんだ。ぼくを愛しているんだろう？」

「ああ、なんてこと」アラナは悲痛な叫び声をあげた。「なんてばかなのかしら」

「きみがばかなら、ぼくもそうだ。ぼくもきみを愛しているんだから」

見上げるアラナの目に涙があふれた。「愛している？　わたしを？」喉が締めつけられる。

「心の底から。この前の日曜日は、きみが怪我《けが》をしたと思って心臓が止まりそうになった。きみがぼくを忘れてしまったと思ったときは、地獄の苦しみを味わったよ」

「でも、あなたは本当にすばらしかったわ！」

「これは新しいぼくなんだ」

「新しい？　どういう意味？」

神に誓ったことを彼女に話すのは少し気恥ずかしい。それでもリースは話した。

アラナの感激した様子を見て、リースは心を打たれた。

「だけど、あなたは前からいい人だったわ」

「きみにふさわしいほどじゃなかった。最高の人間でなければ、きみにはふさわしくない」

「まあ、リース、優しいのね」

「愛していると、ずっと言いたかった。でも怖かったんだ」

「怖かった？　リース、あなたは何かを恐れるような人じゃないのに」

「きみを失うのが怖かったんだ。きみはいつも、二度と愛はいらないと言っていたから。事故のあと、きみを愛していると気づいて、とても怖かった」

「ああ、リース……」

「今日もきみに一緒に来てくれと言いたかった。でも、言えなかった。きみに奇妙だと思われるのが怖くて。それにしても、クリスティンといるところを見られていたとは知らなかった。しかも、ぼくたちがつきあっていると誤解されるとは、想像もしなかった」

アラナは悲しげな笑みを浮かべた。「あなたが日曜日に地獄を味わったとすれば、わたしにとっては今日一日が地獄だったわ。コーヒーショップであなたが彼女と一緒にいるところを見て、踏みこまないよう自分を抑えるのがやっとだった。あんな嫉妬を感じたのは初めて。クリスティンを痛めつけてやりたかった。あのとき、どんなにひどい気持ちだったか、言い表せないわ。それに恥ずかしかったの。わたしは嫉妬が大嫌いなのに」

「わかるよ」彼女に嫉妬されるのも悪くないと思いつつ、リースは優しく言った。

「嫉妬は恐ろしいわ」アラナは続けた。「どんどん深みにはまって、理性を奪っていくの。そう……あなたはコーヒーショップで間違ったことはしていなかった。コーヒーを飲んでいただけで。あなたの言うとおりよ。わたしが見たのは、まぎれもなく、クリスティンがあなたの手に手をのせたところだった。だけど、あなたは絶対に間違ったことはしない人だと、どんなに自分に言い聞かせても、あなたの言葉や行動がすべて疑わしく思えてきて。とくにケイティが連絡してから、あなたが戻ってくるまで、かなり時間がかかったでしょう」

「クリスティンがオフィスまでついてきて、きみの目の前でひと騒動起こすといけないと思って、タクシーを呼んで彼女が乗りこむまで、見届けていたんだ」

「いいのよ、リース。もう説明してくれなくても」

だが、リースは彼女に説明する義務があると思った。そうしなければ、アラナはずっと心配し、悩むかもしれない。彼女の元夫が生きていれば、リースも同じように悩んだはずだ。

「クリスティンは、今さらぼくをとり返せると本気で思っていたらしい。ぼくがいまだに彼女を愛していると思っていたようだ。まったく、頭がどうかしているとしか思えない！」

「でも、かつては愛していたんでしょう」アラナは指摘した。「わたしと結婚したときは、まだ彼女を愛していたのよ」

「そう思っていたけど、でも思い返してみたら、クリスティンに感じていたのが愛だったかどうか、わからないんだ。正直なところ、当時は本当の愛を理解していなかった。ぼくは若すぎたし、自己中心的だったから。だけど今ならわかるよ、ダーリン」リースは愛するアラナをひしと抱き寄せた。「きみを思う気持ちが本当の愛だ。きみはすばらしい。あれほどひどい男との生活に負けずに生き抜いた立派な女性だ。あんな経験をしたあとで、気持ちを切り替えて新たな人生を進む勇気を持てる女性は、そういない。ぼくを信じて結婚してくれてうれしいよ。ぼくは本当にラッキーな男だ」

アラナは目を輝かせ、首を振った。「ラッキーなのはわたしのほうよ。記憶を失ってよかったと、今なら思えるの。過去を振り返って、結婚した相手を見つめることができたんですもの。ダルコのことを新しい目で見たおかげで、二番目の夫を選んだ理由がよくわかったわ。わたしはずっと、あなたを愛していたのよ、リース。今日までそれに気づかなかっただけで。いいえ、ゆうべ、あなたがあんなにすてきな愛し方をしてくれたとき、無意識のうちに気づいていたのね。だから今朝、目が覚めたときに何もかも思い出したんだわ。安全だとわかったから。あなたが安心感を与えてくれたのよ、リース。大したことじゃないと思うかもしれないけど、わたしにとっては重要なの」

リースが心から望んでいたまなざしで彼女が見つめている。真実の愛をたたえたまなざしで。

リースの胸は激しく高鳴った。

「嫉妬してごめんなさい」アラナはたくましい胸に顔を寄せ、強く彼を抱きしめた。

「いいんだ」愛情たっぷりにささやく。「嫉妬のせいできみがここに来てくれなかったら、ぼくたちはまだ愛しあっていないふりを続けていただろう。それはよくない」笑いを含んだ声でリースはつけ足した。「ぼくたちは親になるんだから」

アラナは目を輝かせ、ぱっと顔を上げた。「あなたもそう思うの?」

「ああ、そんな気がする」

「違うかもしれないわ」

「今夜は二番目に妊娠しやすい日だろう。念には念を入れておかないか」

リースの腕のなかで愛の余韻に浸りながら、こんな幸福感は一生に一度しか味わえないだろうとアラナは思った。それに、リースのような男性には一生に一度しか出会えない。

「リース」そっとつぶやく。

「うん?」

「電話をかけなきゃいけないの」

「なんだって? こんな時間に?」

「ええ」

「誰に?」

「マイク」

「マイク!」

「もう気にすることはないでしょう。わたしたちは愛しあい、信頼しあっているんですもの。嫉妬する必要はないわ。マイクに言わなければならないことがあるの。彼と約束したのよ」

「何を約束したんだ?」

「聞いていてちょうだい」

「ああ、わかったよ」リースはぶつぶつ言いながら、携帯電話をつかんでボタンを押し、アラナの目の前にさしだした。

「マイク・ストーンだ」しばらくしてぶっきらぼうな声が答えた。「大事な用なんだろうな。こんな時間に。今、仕事中なんだ」

「大事な用よ」アラナは言った。「あなたが正しくて、わたしが間違っていたわ。リースはクリスティンを愛していなかった。わたしを愛していたの。わたしがリースを愛しているのと同じくらい。それじゃ、仕事を続けて」

「そしてきみも続きをするというわけか」マイクが含み笑いをもらした。

「ええ、そのとおりよ」アラナは瞳をきらめかせ、リースを見つめながら電話を返した。

「もちろんそうするわ」

エピローグ

陽性。陽性だ。

アラナは歓喜の声をあげ、そして泣きだした。

うろたえた様子でリースがバスルームに駆けこんできた。

「どうした？　何があったんだ？」

アラナは彼に妊娠検査薬をさしだした。その目からとめどなく涙があふれる。

「市販の検査薬を買ったの」涙にむせびながら彼女は言った。「青い印が出たわ」

「それはいい知らせなのか、それとも悪い知らせなのか？」

「すばらしい知らせよ」アラナはすすり泣き、ティッシュペーパーをつかんだ。

急にリースも泣きたくなった。

アラナが妊娠した。ぼくの子供を。

今までリースは、妊娠を待ち望んでいるのは、アラナのために彼女が何より欲しがっているものを与えてやりたいからだと思っていた。それが自分にとってこれほど意味を持つとは、考えてもいなかった。

涙に濡《ぬ》れた顔でアラナは笑った。「あなた、自分の顔がどんなだか気づいてる？」

「いきなりのことで圧倒されているんだ」リースはつぶやいた。「少し横になったほうがいいかもしれないな」

「赤ちゃんがおなかにいるのはわたしのほうよ」

「それを与えたのはぼくだ」彼は言い返した。「まぎれもなく、ぼくの一部だ」

笑いがこみあげてきた。「お気の毒だけど、寝ている時間はないわ。もうすぐリチャードとホリーが来るもの」

きのうハネムーンから戻ってきたリチャードとホリーは、彼らのために家を見つけたというリースの知らせに大喜びした。

〝少し改装する必要があるけど、あの値段なら掘り出し物だと思うよ〟リースは電話でリチャードに伝えていた。〝それに、ぼくらの家から三軒しか離れていないんだ！〟

リースはリチャードに会うのが待ちきれなかった。そして妊娠のことを伝えるのも。

「そうだな」腕時計を見る。「もう十分もしないうちに来るだろう。でも、きみのお母さんとぼくの母に電話で知らせる時間はあるよ」

十分後、ドアベルの音に応じたリースとアラナの顔は光り輝いていた。

親友とその美しい妻に変化があったことを、リチャードはすぐに見抜いた。ホリーも何か感じたようだ。

　二人のあとについて家に入りながら、リチャードはホリーにささやいた。「知らない人が見たら、ハネムーンから戻ったばかりなのはリースとアラナのほうだと思うだろうな」

「わたしもそう思ったの」ホリーが答えた。「見つめあうまなざしに気づいた？」

「ああ、二人は恋に落ちたみたいだな」

「激しい恋にね」

　そのときアラナとリースが立ち止まり、友人夫妻を振り返った。リースはアラナのウエストに腕をまわし、しっかり抱き寄せた。

「きみたちの新居を案内する前に、話しておきたいことがあるんだ」リースがきりだした。

「赤ちゃんができたのね」まぶしいほど輝いているアラナにホリーが笑いかけた。

「そうよ！　でも、なぜわかったの？　まだほんの数週間なのに」

「顔を見ればわかるわ。こんなに幸せそうなあなたを見るの、初めてだもの。リース、あなたも」

「ああ、ぼくたちはとても幸せだよ」リースが応じた。「それに深く愛しあっている」

　リチャードとホリーは声をそろえて笑った。

「マイクは信じないだろうな」

　ぽつりとつぶやいたリースに、アラナはすぐさま反論した。「あら、わかってくれるわよ。マイクは見かけほど難しい人じゃないもの。いつか彼が恋に落ちても、わたしは驚かないわ」

リチャードとリースは顔を見合わせ、大笑いした。ホリーとアラナも顔を見合わせ、笑みを交わした。

●本書は、2006年9月に小社より刊行された『情熱だけの関係』を改題して
文庫化したものです。

愛の記憶が戻ったら
2024年4月15日発行　第1刷

著　　　者／ミランダ・リー
訳　　　者／森島小百合（もりしま　さゆり）
発　行　人／鈴木幸辰
発　行　所／株式会社ハーパーコリンズ・ジャパン
東京都千代田区大手町1-5-1
電話／04-2951-2000（注文）
0570-008091（読者サービス係）
印刷・製本／中央精版印刷株式会社
表紙写真／© Svyatoslava Vladzimirskaya | Dreamstime.com

Printed in Japan © K.K. HarperCollins Japan 2024
ISBN978-4-596-54029-4

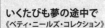

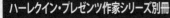

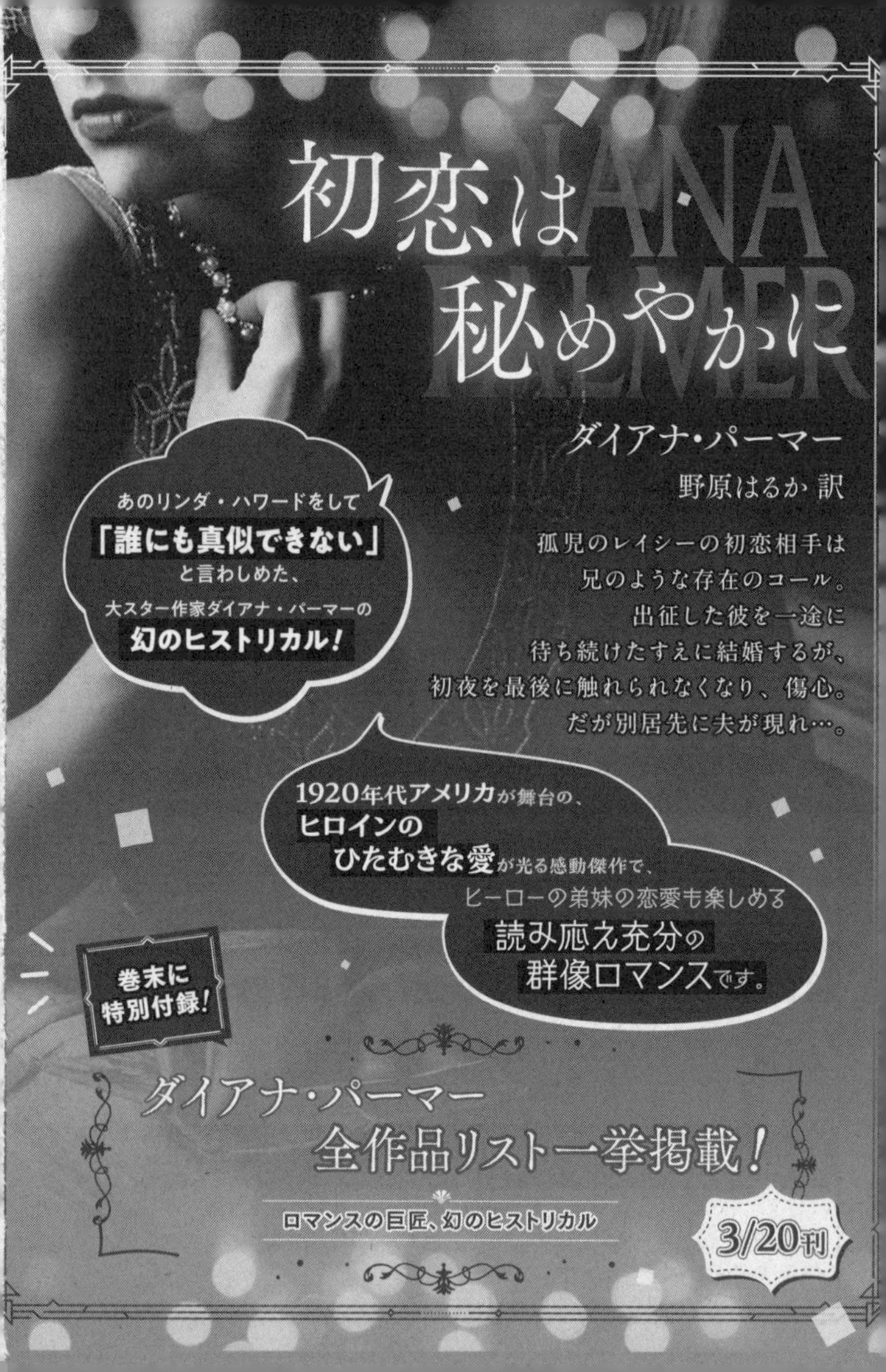
初恋は秘めやかに
ダイアナ・パーマー
野原はるか 訳
あのリンダ・ハワードをして
「誰にも真似できない」
と言わしめた、
大スター作家ダイアナ・パーマーの
幻のヒストリカル！
孤児のレイシーの初恋相手は
兄のような存在のコール。
出征した彼を一途に
待ち続けたすえに結婚するが、
初夜を最後に触れられなくなり、傷心。
だが別居先に夫が現れ…。
1920年代アメリカが舞台の、
ヒロインのひたむきな愛が光る感動傑作で、
ヒーローの弟妹の恋愛も楽しめる
読み応え充分の群像ロマンスです。
巻末に特別付録！
ダイアナ・パーマー
全作品リスト一挙掲載！
ロマンスの巨匠、幻のヒストリカル
3/20刊